두.번.째.이.야.기.

 두.번.째.이.야.기.

초판 1쇄 발행 2008년 1월 10일   초판 13쇄 발행 2012년 9월 28일

지은이 최숙희   펴낸이 연준혁

출판 4분사 팀장 김남철
디자인 차기윤
제작팀_이재승

펴낸곳 (주)위즈덤하우스   출판등록 2000년 5월 23일 제13-1071호
주소 경기도 고양시 일산동구 장항동 846번지 센트럴프라자 6층   전화 031-936-4000   팩스 031-903-3891
전자우편 yedam1@wisdomhouse.co.kr   홈페이지 www.wisdomhouse.co.kr
출력 엔터   종이 화인페이퍼   인쇄·제본 현문

이 도서의 국립중앙도서관 출판시도서목록(CIP)은 e-CIP 홈페이지(http://www.nl.go.kr/cip.php)에서
이용하실 수 있습니다.(CIP제어번호: CIP2007003982)

한올 한올 인연을 엮어가는 달콤한 커플 100쌍의 사랑 이야기

두.번.째.이.야.기.

예담

"사랑을 아주 많이 해보셨나 봐요?"
"매일 연결고리 만들어 쓰는 거, 어렵지 않으세요?"

'사랑이... 사랑에게'를 쓰며 가장 많이 받은 두 가지 질문이에요.
그럴 때 마다 그냥 웃고 말지만,
사실은 속으로 이렇게 대답하고 있는 거예요.

"한 사람을 사랑하는 데도
수천 가지의 감정이 생겼다 추슬러지고,
수만 가지의 일들이 벌어졌다 사라지는 거잖아요.
그래서 사랑이, 사람을,
유치하게 만들었다가 심오하게 만들었다가,
우울한 노래로 만들었다가 행복한 춤으로 만들었다가
봄으로 만들었다가, 겨울로 만들었다가, 그러는 거구요...
한 사람을 사랑하는 일이 천 사람을 사랑하는 일과 다르지 않고,
천 사람을 사랑하는 일이 한 사람을 사랑하는 일과 다르지 않아요."

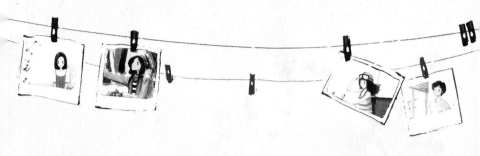

그리고요,

"매일 매일 라디오 원고 쓰는 거,

그것도 사랑 이야기를 매일 매일 쓰는 거, 쉽지 않아요.

게다가 '사랑이... 사랑에게'는 한 편 한 편의 이야기는 독립적이지만,

전체적으로는 연결되는 구성을 갖고 있어서...

정말 매일 아침부터 밤까지 '사랑이... 사랑에게'만 생각해야 했어요.

어쩔 때 생각 안 나고 그럴 때면

땅 파고 들어가서 숨어버리고 싶을 때도 있었어요.

하지만 그럴 순 없잖아요.

그럴 때 내게 유일하게 힘이 되어준 건,

'사랑이... 사랑에게'를 좋아해주는 달콤 가족들이었고,

책을 내고 나선, 독자 여러분이었어요.

'사랑이... 사랑에게'를 향한 댓글들을 보고 나면,

아무리 아파도 무대에만 서면 노래가 나온다는 가수처럼,

다시 뭔가 쓸 힘이 생겼어요... 참 신기하게도 말이에요..."

고마운 분들이 많아요.

먼저, 마음을 담아 추천사 써주신 강정민 PD,

'사랑이... 사랑에게'를 함께 만든 동지 고민석 PD,

짧은 글쓰기가 가장 어려운 법인데,

그럼에도 불구하고 멋진 추천사 써주신, 윤도현 DJ, 김창렬 DJ, 이재학 음악감독님,

다시 〈스위트 뮤직박스〉로 돌아온 달콤 디제이 지영,

매일 밤 '사랑이... 사랑에게'의 첫 번째 독자였던 차차 작가, 명선이.

이 책이 나오기까지 관심을 갖고 응원해주신 모든 분께

진심으로 깊은 감사의 마음을 전합니다.

그리고 나의 가족... 생각만 해도 눈물 나는 엄마, 아빠, 그리고 동생들... 중오, 정오.

늘 깊은 배려로 감동을 주시는 아버님, 어머님, 그리고 도련님... 정철.

끝으로 나의 든든한 동아줄, 사랑하는 나의 반쪽에게 감사의 마음을 전합니다.

2007년 12월
최숙희

숙희 작가를 아는 사람들은 다 압니다.

성격은 발랄하지만 말은, 많이 아끼는 사람이지요.

숙희 작가와 저는 〈이소라의 음악도시〉로 처음 만났습니다.

〈이소라의 음악도시〉 첫삽을 같이 떴던 사이예요.

그 때 숙희 작가가 그 섬세한 감성을 원 없이 뿜어내던(?) 코너가 바로
'그남자 그여자' 코너입니다.

데이트를 마치고 집으로 돌아간 연인들이 자정을 넘기면서 드는 생각
들을 써내려갔습니다.

오래 했으면 숙희 작가 이름으로 '그남자 그여자' 책이 나왔을 텐데, 숙희
작가는 백일을 조금 넘기고 〈이소라의 음악도시〉를 떠나게 되었습니다.

숙희 작가가 〈이소라의 음악도시〉를 떠난 후 '그남자 그여자'는 송세
인 작가, 이미나 작가에게로 넘어가게 되었죠.

저도 〈이소라의 음악도시〉를 떠나고 그 후 여러 PD가 〈이소라의 음악
도시〉에서 그 코너를 이어갈 때마다 저와 숙희 작가는 아주 좋아 죽었
습니다. 고마운 분들!

숙희 작가는 심야작가예요.

심야시간 혼자 라디오를 들을 때 떠오르는 오만가지 감성들을 긁어내

고 있습니다.

사랑이 사랑에게... 그 사랑이 이 사랑에게... 그 남자의 사랑이 그 여자의 사랑에게, 그 여자의 사랑이 그 남자의 사랑에게...

숙희 작가의 글을 다시 읽다 보니 여전히... 속마음을 거울에 비춰 보는 것 같아 소름이 쪽쪽 돋습니다.

모쪼록 숙희 작가의 삶에 좋은 기록으로 남길 바랍니다.

강정민(MBC 라디오 PD)

소설, 영화, 다큐멘터리, 드라마의 소재로 사랑은 가장 매력적이면서 동시에 위험한 소재다. 너무 진부해서도 너무 세련돼서도 안 되는, 묘한 줄타기를 요구한다. 그리고 때로는 그 내용이 너무 비상식적인 사랑의 방식을 말하기도 하는데, 그럴 경우의 반응은 열렬한 호응이나 맹렬한 비난 중 하나를 각오해야 한다. 이처럼 사랑 이야기를 한다는 것은 그 이야기를 풀어내는 이에게 참으로 부담스러운 작업이다. 게다가 영상이나 다양한 효과가 없는, 라디오라는 매체에서의 사랑 이야기는 그 선택의 폭이 더욱 좁다. 형식도 내용도 많은 제약을 받기 마련이다. 까다로운 심의 기준도 신경 쓰이지만 표준어를 사용하며 매일 반복되는 배경 음악 하나로 사랑 이야기를 펼친다는 것은, 청취자들에게 마치 "이 이야기는 어느 정도 지루할 수도 있으니 이해해주시기 바랍니다"라고 미리 양해를 구하는 것과 같다. 그래서 라디오 프로듀서 입장에서 매일 코너로 사랑 이야기를 구성하겠다는 결정은 결코 쉬운 일이 아니다. 적어도 잘 만들겠다는 욕심이 있는 경우라면 말이다.

최숙희 작가와 〈정지영의 스위트 뮤직박스〉를 함께 하기로 결정하고 나서 이렇게 물었다. 여태껏 써본 사랑 이야기와는 완전히 다른, 비록

영상은 없지만 영화처럼 사랑의 결정적인 한 장면에 몰입할 수 있는 사랑 이야기가 가능하겠느냐고. 그것도 라디오 코너에 어울리는 형식으로 말이다. 그녀는 별말 없이 웃어 보이며, 한 번 연구해본다고 했지만 당시에 나도 그녀도 '사랑이... 사랑에게'라는 작품이 나올 거라고는 생각지 못한 것 같다. 하지만 며칠 뒤 받아본 그녀의 원고는 너무도 훌륭했다. 너무 진부하지도 너무 세련되지도 않은, 바로 내 이야기 같은 사랑이었다.

마치 사랑의 신이라도 된 것처럼 저 높은 곳에서 수많은 이들의 사랑 이야기와 그 연결고리들을 풀어내는 솜씨에 나와 디제이는 감탄사를 연발했다. 지금 와 생각이지만 그녀는 머리가 좋은 것 같다. 그 복잡한 고리들을 100편이 넘도록 풀어갔으니... 서점에 가면 사랑 코너가 따로 있다. 참 우습긴 하다. 이 책도 거기 있다.

겉장도 조금 차분한 거 빼면 뭐 다른 책들과 별다를 것 없다. 어쩜 그 속에 담긴 이야기도 그럴 것이다. 하지만 최숙희 작가의 사랑 이야기는 그 코너에 전시되어 있는 다른 책들과는 한 가지 점에서 분명히 구분된다. 그녀는 자극적이거나 불필요한 포장을 하지 않고 모든 이들의 사랑을 그저 따뜻하게 지켜봐준다는 것이다. 그 사랑이 좀 재미없다고,

요즘 방식이 아니라고, 근사하지 않다고 해서 페이지를 채우지 못한 경우는 없다는 생각이다. 그래서인지 자극적 문구와 치장으로 무장한 다른 책들 사이에서 '사랑이... 사랑에게'라는 제목은 내 눈에 쉽게 들어왔다. 물론 이런 차이가 더 좋은 것인지는 모르겠다. 하지만 그녀의 사랑에 대한 신중하고 따뜻한 접근이 나로 하여금 때로는 네 시간이 넘도록 그녀의 글에 화답하는 노래를 찾게 했다.

멋진 글로 청취자들과 우리 스태프들을 행복하게 해준 최숙희 작가에게 다시 한 번 고맙다는 말을 전하고 싶고, 많은 사람들과 이 이야기들을 함께하기를 바란다.

고민석(SBS 라디오 PD)

contents

chapter ① 봄비가 내리듯
　　　　　　　사랑이 소리 없이 찾아왔습니다

chapter **2**

강 위로 부서지는
햇살 같은 사랑을 하고 싶습니다

chapter 3

당신을 향한 그리움이 녹아내려
마음속에 한 방울씩 고여갑니다

chapter **4** 힘들 때마다 쉬어갈 수 있는
흔들의자가 되어주고 싶습니다

sweet sweet sweet love...

chapter 1

봄비가 내리듯
사랑이 소리 없이
찾아왔습니다

커피 만드는 여자

사람들은 그래요,

봄이... 봄이 왔다구요.

꽃 소식을 전해주는 9시 뉴스,

올 봄 패션 아이템들을 열심히 소개하는 케이블 TV,

결혼 소식을 알리는 친구의 청첩장,

모두 내게 봄이 왔다고 말하죠.

그런데, 난 아직 두꺼운 겨울 외투를 벗어던지지 못하고

어리석게, 안타깝게 겨울을 끌어안고 있어요.

입춘도 지나고 경칩도 지났는데

혼자만 겨울 속에 갇혀서 걸어 나오지 못하고 있습니다.

지금도 침대 옆엔 크리스마스트리가 반짝이고,

책상 유리 밑엔 크리스마스카드가 끼여 있어요.

그리고 아직 포장을 뜯지도 않은

에스프레소 커피 머신이 탁자 위에 놓여 있습니다.

불과 몇 달 전, 우리가 함께 보낸 마지막 크리스마스이브에

그가 나에게 해준 선물들이에요.

태어나서 가장 행복한 크리스마스이브를 보내고,

그다음 날, 그는 내게 긴 메일을 보내왔습니다.

[미안해... 어떤 말을 해도 다 변명이 될 거야.

'친구가 되자'고도 안 할게.

솔직하게, 네가 미련 같은 것 같지 않도록, 내 마음 그대로 말할게.

사랑이 사랑에게

이제 널 봐도 가슴 설레지 않아. 이제 널 봐도 뽀뽀하고 싶지 않아.
사랑이 증발해버렸어. 흔적도 남지 않고 사라져버렸어.
그래도 네가 좋은 사람이라는 건 알아.
네 꿈대로 멋진 바리스타가 되길 바란다.]

바리스타가 나온 '커피프린스 1호점'이라는 드라마 때문에
커피에 관심을 갖게 된 건 아니에요.
그 전부터 무작정 커피가 좋아서, 그냥 그 사람처럼 좋아서...
바리스타가 되려고 준비하고 있었어요.
아직은 학원 다니면서 커피 전문점에서 아르바이트를 하고 있지만
언젠가는 사랑에 다친 사람들에게 위로가 되고,
잃어버린 사랑을 잠시 되찾아주는 추억이 되는,
그런 커피를 만들 거예요.
그러면, 내게도 봄이 오겠죠.
그를 추억하며 미소 지을 수 있는 봄이 말이에요.
하지만 아직은 지독하게 추운 겨울일 뿐입니다.

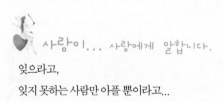

사랑이... 사랑에게 말합니다.
잊으라고,
잊지 못하는 사람만 아플 뿐이라고...

소개팅 나간 남자

"첫인상이 참 좋으세요."

그녀도 처음 날 봤을 때 그랬었죠.

"첫인상이 참 좋아요..."

앞에 나와 있는 여자 분 얼굴 위로 그녀의 얼굴이 겹쳐집니다.

머릿속에 누군가 오버랩 장치를 해놓은 것 같아요.

그러고 보니 아직 주문도 하지 않았네요.

"죄송해요. 제가 잠시 딴생각을 하느라고... 뭐 드실래요?"

"그냥... 오늘의 커피 마실게요."

"문자 온 것 같은데 확인해보세요. 전 커피 주문하고 올게요."

오.늘.의.커.피.

그녀도 여기에 오면 늘 오늘의 커피를 마시곤 했죠.

그녀와 헤어진 지 아직 한 달도 안 됐어요.

그런데 희철이가 사랑은 사랑으로 치유해야 된다면서

자기 맘대로 소개팅을 잡아버렸습니다.

그것도 그녀와 내가 단골로 드나들던 이곳에다 말이에요.

그러면서 한다는 말이 기왕이면 잔인하게 잊으라나요?

커피가 나오길 기다리고 서 있는데,

주문대 안쪽에서 컵 닦는 남자가 커피 만드는 여자에게 말을 거네요.

"오늘은 학원 안 가요?"

"오늘부터 오전 타임으로 바꿨어요.

낮에 집에만 있으니까 우울해서..."

사랑이 ♥ 사랑에게

그녀가 또 오버랩되고 있습니다.

같이 영어 학원 다니던 생각이 나네요.

아침잠이 많은 탓에 그녀가 늘 모닝콜을 해줬는데…

아무래도 아직은 안 될 것 같습니다.

다른 여자랑 있으니까 그녀 생각만 더 나요.

그냥 솔직하게 말하는 게 좋겠어요.

만약 이 여자 분이 내 연락을 기다리기라도 하면 어떡해요?

"저기 사실은… 여자친구랑 헤어진 지가 얼마 안 됐어요. 그래서…"

"그래요? 저도 그런데… 차였어요? 찼어요? 전 차였는데…"

아무렇지 않은 척 차였다고 말하면서

눈에는 금세 쓸쓸함이 고였습니다.

왜 그 남자는, 이렇게 착하게 웃는 여자를 떠났을까요.

그리고 그녀는 왜 날 떠났을까요.

떠나는 사람들은, 왜 떠나는 걸까요.

사랑이… 사랑에게 말합니다.

생각을 베어내려고 애쓰지 말라고,

잊으려고 발버둥칠수록 그리움만 더 꽉 찬다고…

사랑이 사랑에게

집이 먼 여자

예전엔 이상형의 남자를 말하라면
일단 키는 178센티미터 이상,
쌍꺼풀 없는 눈매에 날카로운 콧날,
장래성 있는 직장에 적금통장이 다섯 개쯤은 있는 남자...
뭐 이렇게 줄줄 읊어댔는데, 이젠 딱 한 마디로 정리가 됩니다.
친구들이 어떤 남자를 만나야 될지 모르겠다고 고민할 때도
딱 한 마디로 충고해주죠.
"남자는 집이 가까워야 돼."

조금 전에 오빠랑 저녁 먹고 헤어졌는데 전화가 왔네요.
"알았어. 오빠도 조심히 들어가고, 도착하면 전화할게."
오빠는 바래다주겠다고는 하는데, 내가 부담스러워요.
오빠네 집하고 우리 집하고 너무 멀거든요.
오빠는 인천, 난 의정부.
그러다 보니 일주일에 한 번 주말에 겨우 만나고
만나도 밥 먹고 영화 한 편 보고 나면 데이트 종료예요.
둘 다 뚜벅이라서 대중교통이 끊기기 전에 집에 가야 하거든요.
안 그러면 택시비가 너무 많이 들어요.

연애할 땐 집 가까운 게 진짜 제일 큰 축복 같아요.
며칠 전에도 오빠가 자기 친구 소개팅 시켜주라고 해서
어디 사는지부터 물어봤다니까요.

사당동에 산다고 해서
그 근처에 사는 장미 언니를 소개해줬는데,
잘 만나고 있는지 모르겠네요.
그 언니가 얼마 전에 남자친구랑 헤어져서 완전 우울모드거든요.
지금 만나고 있을 텐데... 마음에 드는지 문자라도 보내볼까요?

이제 세 정거장만 가면 돼요.
커다란 쇼핑백을 든 여자가 쭉 걸어 들어오더니
내 옆 자리에 앉습니다.
이 근처에 고등학교가 있나 봐요.
교복 입은 학생들이 우르르 타고 있네요.
내 소원은요, 오빠네 옆집에 사는 거예요.
아니, 옆집이 아니라 한 집에 살면 더 좋겠죠?
옆 자리에 앉은 여자가
반지를 만지작거리며 창밖을 내다보고 있습니다.
혹시 그 반지와 함께 프러포즈라도 받은 걸까요?
나도 이참에 프러포즈나 확 해버릴까요?

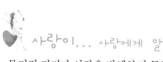

사랑이... 사랑에게 말합니다.
물리적 거리가 사랑을 방해하진 못한다고,
지구 밖에 살아도 마음만 멀어지지 않으면 된다고...

사랑이 사랑에게

우산 잃어버리는 여자

분명 두 번째 서랍에 둔 것 같은데... 보이질 않네요.
세 번째 서랍이었나... 아, 여기 있습니다.
그 사람 주민등록증이에요.
진작 줬어야 하는데...
그때 커플 요금제로 변경하느라 받아뒀거든요.

이것 말고도 또 돌려줘야 할 게 있을 거예요.
아, 언젠가 내가 감기에 걸렸을 때
그 사람이 벗어준 점퍼가 있어요.
그 점퍼도 어딘가에 걸려 있을 텐데... 여기 있네요.
그런데 주머니에 뭔가 들어 있는 것 같아요.
묵직한 느낌이 드는데요.
작은 종이 상자에... 은반지가 들어 있습니다.

생각났어요, 이 반지가 그 반지인가 봐요.
그때 그 사람이 내게 주려고 은반지를 하나 샀는데
어디에 뒀는지 모르겠다면서 몇 날 며칠 찾았거든요.
그런데 이 반지를 이런 상황에서... 이렇게 만나게 되네요.

왜 하필 내 친구일까요.
지혜가 어디가 그렇게 좋을까요.
용서하면 안 되는데... 용서할 수 없는 일인데...

난, 그 사람만 괜찮다면 자꾸만 용서해주고 싶어집니다.

어젯밤에 그 사람한테 전화가 왔어요.

"내일 마지막으로 한 번 보자. 서로 돌려줄 것도 있고..."

이제 그 사람을 만나러 가야 할 시간이에요.

봄비가 소리 없이 내리고 있는데

아무리 찾아봐도 집에 남아 있는 우산이 없네요.

하나 있던 꽃무늬 우산마저 며칠 전에 친구가 빌려갔거든요.

그냥 나가야겠어요.

어차피 이놈의 건망증 때문에 있어도 또 잃어버릴 텐데요 뭐.

버스 안,

옆에 앉은 여자는 남자친구랑 열심히 전화통화를 하고,

앞에 서 있는 남자는 버스 노선표를 열심히 보고...

난, 은반지를 꺼내 조심스럽게 손가락에 끼워봅니다.

이제는 반짝거리지도 않는 까만색 은반지, 빛을 잃은 사랑을...

그런데 어느 손가락에도 맞질 않네요.

우린 어쩌면 처음부터

이렇게 맞지 않는 반지였는지도 모르겠습니다.

사랑이... 사랑에게 말합니다.

일부러라도 잃어버리라고,

우산을 잃어버리듯 돌아선 사랑도 잃어버리라고...

sweet sweet sweet love...005

유실물 센터로 간 남자

조막만 한 얼굴에 작은 눈,
얼굴을 다 덮을 만한 까만 뿔테 안경,
대각선으로 대충 둘러맨 카키색 가방...
며칠 전, 비 오는 날 지하철에서 본 한 여자의 인상착의입니다.
방금 만화책에서 튀어나온 것처럼 비현실적인 캐릭터였죠.

그 캐릭터...
자기 키만 한 선인장 화분을 끙끙대며 들고 타더니,
그걸 바닥에 내려놓지도 않고
굳이 무릎 위에 올려놓은 채 끌어안고 가더라구요.
그 모습을 지켜보면서 왠지 불안하다 싶었는데
예상대로 꽝! 하는 소리와 함께
선인장 화분이 박살이 났습니다.
꾸벅꾸벅 졸면서 선인장 가시랑 계속 뽀뽀를 하면서 갔거든요.
순간 사람들의 시선이 그녀를 향했죠.
그런데도 그녀는 아랑곳하지 않고 쭈그려 앉아
깨진 화분과 흙을 가방에 주워 담았습니다.
졸린 눈을 억지로 떠가면서...

그 모습을 보고 있는데 갑자기 예전 여자친구가 생각났어요.
만화책에 나오는 의성어나 의태어를 일상용어로 사용하는
특이하고 재밌는 친구죠.

놀랄 일이 있을 땐 눈을 크게 뜨고는 "화들짝"
화나는 일 앞에선 양 팔을 들어올리곤 "불끈"
눈치 볼 일이 있을 땐 눈동자를 돌리며 "힐끔힐끔".
헤어지던 날도 그랬어요.
손가락으로 땀 닦는 시늉을 하며 "삐질삐질".
아마 헤어지자고 말하는 게... 힘들다는 표현이었겠죠.

그 캐릭터...
앉았던 자리 밑에 꽃무늬 우산을 놓고 내렸더라구요.
그런데 재밌는 건
나도 모르게 그 우산을 들고 내렸다는 겁니다.
그러곤 유실물 센터로 가서 맡겼어요.
잃어버린 서류 가방을 찾으러 온 사람도 있고,
쇼핑백을 두고 내렸다고 접수하러 온 사람도 있더군요.
알아요, 그녀가 그 우산을 찾아갈 확률, 거의 없다는 거...
게다가 나한테 전화를 걸어 우리가 만나게 될 확률은
낙타가 바늘구멍을 통과하는 것만큼 기적 같은 일이라는 것도요.
하지만 그녀가 내 운명일지도 모르잖아요.
그래서 우산 손잡이에 메모와 함께 연락처를 남겨뒀습니다.
[선인장은 잘 크고 있나요? 사례는 커피 한 잔이면 됩니다.]

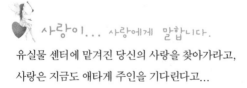
사랑이... 사랑에게 말합니다.
유실물 센터에 맡겨진 당신의 사랑을 찾아가라고,
사랑은 지금도 애타게 주인을 기다린다고...

카드 긁는 여자

남자가 여자를 사랑하면
뭐든 다 사주고 싶고, 돈 쓰는 게 하나도 아깝지 않다고 하던데...
아무래도 그 애는 날 사랑하지는 않는 것 같습니다.
이런 걸 따지는 건 좀 치사하지만,
우린 데이트할 때 내가 돈을 다 써요.
그래요, 아직 학생이니까 돈이 없을 수도 있어요.
하지만 마음만 있으면 아르바이트를 해서라도
여자친구한테 반지 하나쯤은 선물해줄 수 있는 거 아닌가요?
그런데 며칠 전 내 생일에 뭘 선물해줬는지 알아요?
어디 여행가서 주워왔다면서 돌멩이 하나 주더라구요.
난 그 애 생일 날, 24개월 할부까지 긁어가면서
그 애가 갖고 싶어 하는 그 비싼 가방을 선물했는데...

처음엔 "나, 돈 없는데..." 하는 그 애의 솔직함이 좋았어요.
그런데 이젠 의심이 돼요.
얘가 정말 날 사랑하긴 하는 건가...
아무리 연하라고 해도 그렇지, 이건 너무하는 게 아닌가...
오늘도 동대문에 쇼핑하러 갔는데
사지는 않고 이것저것 마음에 든다며 만지작거리기만 하는 거예요.
그래서 결국은 또 내 카드로
바지 두 벌과 운동화 한 켤레를 사주었습니다.
내 건 달랑 봄 블라우스 한 벌 사구요.

31   사랑이 ♥ 사랑에게

그런데 오늘따라 고맙다며 히죽히죽 웃는 그 녀석이

눈엣가시처럼 거슬리고,

밉고, 야속하고, 속상하고, 때려주고 싶었습니다.

그래서 집에 가는 길에 참다못해 지하철에서 확 짜증을 내버렸어요.

"야! 너! 너무하는 거 아니냐?"

그랬더니 특유의 애교작전을 살살 피우더라구요.

"누나~ 왜 그러세요? 나중에 내가 돈 많이 벌면 다 해줄게요~"

그런데 이러는 것도 오늘은 정말 꼴 보기 싫었습니다.

자기가 불리할 때마다 귀여움 떨며 누나~ 누나~

그래서 다음 정거장에서 확 내려버렸어요.

그랬더니 따라 내리긴 하더라구요.

바보처럼 또 그 모습에 감동을 받아 마음을 풀려고 하는데

그때, 쇼핑백을 두고 내렸다며

허겁지겁 유실물 센터를 찾아가더라구요.

그 뒷모습을 보고 서 있는데 왜 그렇게 씁쓸하던지...

도대체 난 왜 이 못된 녀석을 좋아하는 걸까요?

이 못된 녀석은 날 좋아하긴 하는 걸까요?

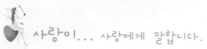

사랑이... 사랑에게 말합니다.

사랑할 땐 더 많이 사랑하는 사람이 더 많이 외로운 거라고,

하지만 헤어지고 나면 덜 사랑한 사람이 더 많이 후회하게 된다고...

무릎 꿇은 남자

손을 뻗으면 강물이 손에 닿을 것만 같습니다.
대낮에 이런 카페에 혼자 와 앉아 있다니,
평생 잊지 못할 날이 될 거예요.
그녀가 강을 딛고 서 있는 것 같다고 좋아하던 곳이에요.
배를 개조해서 만든 이 카페에서 그녀를 처음 만났고,
그리고... 헤어졌습니다.

처음 그녀를 이 자리에서 보던 날,
그녀는 친구들과 재즈 공연을 감상하러 왔고
난 장사를 마치고 친구 생일 파티에 들렀죠.
그땐 동네에서 '니캉내캉'이라는 신발가게를 했고
지금은 동대문 쇼핑 타운에서 장사를 하는데,
옮기면서 상호도 바꿨어요.
그녀에게 내가 지어준 별명 '발바리'로요.

어젯밤에 그녀가 왔었어요.
하도 발발거리고 돌아다녀서
내가 발바리라고 부르던 그녀가... 왔었어요.
밤 10시쯤인가,
친남매 같기도 하고 연상연하 커플 같기도 한 남녀에게
운동화 한 켤레를 팔고 카드 결제를 하고 있는데,
한 커플이 가게 안으로 들어왔습니다.

사랑이 ♥ 사랑에게

뒷모습을 보이고 잠시 구경을 하더니 남자가 그러더군요.
"이 운동화 280으로 하나 보여주세요."
그래서 사이즈를 찾아 공손하게 무릎을 꿇고
남자의 발에 운동화를 신겨주었습니다.
그리고 "괜찮으세요?" 하고 위를 올려다봤는데,
그때 나를 내려다보고 있는 그녀의 얼굴이 보였어요.
순간, 환영일 거라고 생각했어요.
그런데... 아니었습니다.

아무것도 모르는 남자는
한 치수 작은 걸 보여달라고 주문을 했습니다.
"저... 죄송한데 지금 사이즈가 없습니다. 다음에 오세요."
나만큼 당황한 그녀는
서둘러 남자친구의 팔짱을 끼고 가게를 나갔고,
난 두 사람이 보이지 않는데도 자리에서 일어설 수가 없었습니다.
꿇어앉은 내가 너무 작고 초라해
먼지가 되어버리는 줄 알았거든요.
강 위로 부서지는 햇살이 참 아름답네요.
그녀는 지금 저 햇살 같은 사랑을 하고 있겠죠.
280사이즈를 신는 남자와 함께...

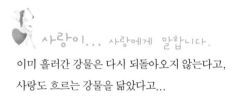

사랑이... 사랑에게 말합니다.

이미 흘러간 강물은 다시 되돌아오지 않는다고,
사랑도 흐르는 강물을 닮았다고...

치과 다니는 남자

요즘 점심시간을 이용해서
회사 바로 옆 건물에 있는 치과에 다니고 있습니다.
아래쪽 어금니가 까맣게 썩어버렸어요.
오늘은 몇 번 봤다고 치과 윤 간호사가 그러더군요.
"꼭 감기 걸려 내과에 오신 분 같아요. 여긴 치관데..."
남들은 봄이라고 산뜻한 차림인데,
나만 혼자 두꺼운 외투를 쓰고 다니니까 농담을 건넨 것 같습니다.

혼자 나와 사니까 귀찮은 게 한두 가지가 아닙니다.
철 바뀔 때마다 옷장 정리도 해야 되고,
한 끼 먹고 나면 무슨 쓰레기가 그렇게 많은지,
그리고 분리수거는 도대체 왜 그렇게 복잡한 겁니까?
세상의 살림하는 모든 여자가 존경스러울 뿐입니다.
옆 자리에 앉은 민선경 씨라면 분리수거도 척척 잘 해내겠죠?
요즘 들어 어떤 상황이든 민선경 씨를 연결해 생각하는 버릇이 생겼어요.
아무래도 그녀를 좋아하게 된 것 같습니다.

사실, 치과 치료를 받기 시작한 것도 다 민선경 씨 때문입니다.
지난 회식 때 삼겹살집에서 입을 크게 벌리고 상추쌈을 먹는데,
그때 내 입안을 들여다본 민선경 씨가 그러더군요.
"조 대리님, 어금니 치료 받으셔야겠어요!
이가 얼마나 중요한 건데요. 오복의 하나라잖아요?"

35

그래서 점심도 굶어가면서 치과 치료를 받게 된 거죠.
오늘도 치과 치료 때문에 점심도 못 먹었습니다.
그런데 민선경 씨가 샌드위치를 하나 건네면서 그러더군요.
"이따가 드세요. 그런데 조 대리님, 아직도 혼자 겨울이세요?
다음 주 야유회 때도 이러고 오시는 건 아니죠?"

민선경 씨는 이가 건강하고 옷 잘 입는 남자를 좋아하는 것 같습니다.
그럼 이번엔 옷 잘 입는 남자에 도전해봐야겠네요.
"그럼 민선경 씨가 좀 골라줄래요? 난 영~ 보는 눈이 없어서..."
"좋아요~"
민선경 씨와 함께 동대문 두타에 왔습니다.
한 신발 가게 쇼윈도 앞에서 민선경 씨가 멈춰서네요.
"이 운동화 괜찮죠? 조 대리님한테 잘 어울릴 것 같아요.
그런데 이상하다... 이 집 항상 여는데 오늘은 왜 문을 닫았지?"
"내일 내가 혼자 와서 저 운동화 꼭 살게요.
상호가 발바리... 발바리..."
"그럼 내일 저랑 다시 와요. 제가 와야 깎아준단 말이에요.
저 이 가게 단골이라서 주인하고도 친하거든요."
혹시, 그런 걸까요? 민선경 씨도 나한테 관심이?

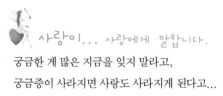

사랑이... 사랑에게 말합니다.
궁금한 게 많은 지금을 잊지 말라고,
궁금증이 사라지면 사랑도 사라지게 된다고...

6층에 사는 여자

하루 종일 앉아서 창밖만 내다보고 있었어요.
라벤더 향을 피우고... 이거 친구가 인도에서 사다 준 건데 좋네요.
깊은 한숨만 자꾸 나와요.
그 사람을 믿을 수 있으면 좋을 텐데... 믿을 수가 없어요.

마주 보이는 저 집엔 부지런한 사람이 사나 봐요.
베란다에 잘 가꾼 화초가 가득하네요.
옆집 602호 남자는 오늘도 밤에 쓰레기를 버리고 있어요.
엘리베이터 안에서 몇 번 부딪친 적이 있는데
저 남자, 쓰레기 분리수거 대충 해서 버리는 것 같더라구요.
내일이면 또 분리수거 잘 하라는 수위 아저씨의 벽보가
엘리베이터 안에 대문짝만 하게 나붙겠네요.

그런데, 그 사람... 진짜 아는 동생이라면
왜 나한테 거짓말을 했을까요?
며칠 전에 수제비 먹으러 삼청동엘 가고 있는데,
문자 메시지 세 통이 연달아 그 사람 휴대폰에 도착했어요.
내용을 확인한 그 사람의 표정이 심상치 않았죠.
그래서 무슨 일이냐고 물었더니
집에 급한 일이 생겼다고 가봐야 한다잖아요.
그러더니 날 그 자리에 내려주고 차를 돌려 사라졌습니다.
그날 밤, 밤새 전화기도 꺼져 있고...

사랑이 사랑에게

그런데 다음 날 오후, 친구한테 전화가 왔어요.
"이 말을 해야 할지 말아야 할지 모르겠는데...
나, 어제 네 남자친구 봤어. 어떤 여자랑 케이크 커팅하고 있더라구."

누구냐고, 나한테 왜 거짓말을 했느냐고 물었더니
그 사람, 그냥 알고 지내는 동생이래요.
얼마 전에 남자친구랑 헤어지고 힘들어해서
자기가 생일 케이크 하나 사준 거뿐이라고...
거짓말한 건 내가 오해할까 봐 그랬다고 둘러대더라구요.
한 남자가 주차장에 쪼그려 앉아 전화를 걸고 있네요.
앉아서도 비틀거리는 걸 보니 많이 취한 것 같아요.
그 사람도 어쩌면 저렇게 만취해
케이크를 자르던 그녀에게 전화를 걸고 있을지도 모르죠.
미안하다고...
이젠 헤어지자고...
난 진실을 알고 싶어요.
수많은 추측 속에 지내는 지금보다는
차라리 그의 배신이 덜 괴로울 것 같습니다.

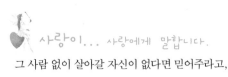

사랑이... 사랑에게 말합니다.
그 사람 없이 살아갈 자신이 없다면 믿어주라고,
때론 진실보다 거짓이 고마울 때가 있다고...

머그잔을 손에 쥔 남자

머리가 깨질 것 같습니다.
양복 차림 그대로 뻗은 모양이에요.
그녀가 제일 싫어하는 짓이라서 하지 않으려고 했는데
어젯밤, 또 참지 못하고 필름이 끊길 때까지 마셔버렸습니다.
그녀가 너무 너무... 보고 싶더라구요.

고맙게도 책상 위에 얼음물 한 통과 머그잔이 놓여 있네요.
술 마시고 들어온 아들이 뭐가 예쁘다고
이런 것까지 챙겨놓으셨는지...
그런데 알고 그러셨는지, 모르고 그러셨는지
울퉁불퉁한 물고기 그림 머그잔을 갖다놓으셨군요.

이 머그잔... 그녀가 직접 만든 것이거든요.
인사동에 가면 직접 머그잔을 빚어 그림을 그리게 해주고,
구워서 한 달 후에 택배로 보내주는 곳이 있어요.
그 가게를 발견하고는 신기해하며 들어가서 만들었는데...
그런데 택배 받을 주소를 우리 집으로 해서
둘 다 여기로 배달됐더라구요.
그녀가 내 별자리를 넣어 만든 물고기 그림 머그잔,
내가 그녀 별자리를 넣어 만든 천칭 그림 머그잔...

전해줄 수도 없고

버릴 수는 더더욱 없어서...

손이 닿지 않는 높은 곳에 올려놨는데 그걸 꺼내셨나 봐요.

이 머그잔이 뜨거운 가마 속 열기를 이겨내는 동안

우린 헤어졌습니다.

다툴 때마다 습관처럼 헤어지자는 말을 내뱉는 그녀를

혼내주고 싶었을 뿐인데...

그게 그만, 진짜 이별이 되어버렸어요.

그날도 그녀는 그저 투정을 부린 것뿐인데 내가 그래버렸어요.

"헤어지자는 말 함부로 하지 말랬지? 그렇게 원하면 그래, 헤어지자."

그런데 그 일로 진짜 이렇게...

싱겁게 헤어지게 될 줄은 몰랐습니다.

통화기록을 보니 그녀한테 전화까지 한 모양입니다.

술 먹고 전화해서 한 얘기 또 하고 그러는 거 그녀가 싫어하는데...

그리고 친구 두세 명한테도 전화한 흔적이 남아 있네요.

난, 그녀와 헤어질 생각은 정말 눈곱만큼도 없었습니다.

부디 그녀도 지금 내 술버릇을 고치고 있는 중이라면 좋겠습니다.

사랑이... 사랑에게 말합니다.

자신의 잘못으로 그녀가 떠나갔다고 자책하지 말라고,

그녀는 벼르고 있던 이별을 한 것뿐이라고...

사레 걸린 남자

그녀는 집에 잘 들어갔을까요?
집까지 바래다줄 걸 그랬나 봐요.
늦은 시간에 그냥 택시를 태워 보낸 게 자꾸 마음에 걸립니다.
도착하면 문자 달라고 했는데... 아직 소식이 없네요.

오늘 여의도 윤중로에서 3대3 미팅을 했어요.
장소는 내가 정했는데,
처음엔 다들 그런 데서 무슨 미팅이냐고 투덜대더니
돌아갈 땐 대만족이었습니다.
군것질도 하고, 만발한 벚꽃을 배경으로 사진도 찍고...
그러면서 빨리 친해졌거든요.

사실은 며칠 전 텔레비전 정보 프로그램에서
여의도 윤중로 벚꽃 축제를 소개했는데,
처음으로 가보고 싶다는 생각이 들었어요.
여자는 나풀거리는 치마를 입고 벚꽃나무 밑에서 포즈를 잡고,
남자는 함박웃음을 지으며 카메라 셔터를 눌러대고...
하얀 벚꽃을 귀에 꽂은 여자와 봄 점퍼를 허리에 두른 남자가
종이컵에 든 번데기를 이쑤시개로 찍어 번갈아 입에 넣어주고...
그런 장면 장면이 부럽더라구요.
예전엔 그런 장면을 보면 참 유치하다고 생각했는데
그날은 질투가 날 정도로 부러웠습니다.

그때 상황이 날 더 그렇게 만든 것 같아요.

자취방에서 혼자 처량 맞게 라면 끓여 먹고 있었거든요.

다들 저렇게 꽃길을 걸으면서 닭살 데이트를 즐기는데,

내 신세가 참 딱하게 느껴졌습니다.

허한 마음에 라면 국물을 후루룩 마시고 있는데

그때 민호한테 문자가 왔어요.

[미팅 할래?]

순간, 너무 기쁜 나머지 사레가 걸려 한참 동안 기침을 했습니다.

그런데 기다리는 전화는 안 오고

얼마 전 여자친구랑 헤어진 성호한테만 전화가 계속 오네요.

안 받으려다 받아줬더니... 이것 봐요.

또 술에 취해 그녀가 보고 싶다는 말만 되풀이하고 있습니다.

친구 사이에 전화를 끊을 수도 없고 참 난감하네요.

이 사이에 그녀가 전화할지도 모르잖아요.

분홍색 머리띠를 하고 벚꽃 사이를 나풀나풀 걷던 그녀가 말이에요.

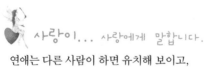

사랑이... 사랑에게 말합니다.

연애는 다른 사람이 하면 유치해 보이고,

내가 하면 낭만로맨스가 되는 거라고...

뻔뻔해진 여자

연애를 시작했어요.

달콤하고 뽀송뽀송한 연애를 시작했습니다.

난 사랑이라는 단어보다는 연애라는 단어가 더 좋아요.

그래서 규홍이한테 먼저 대시할 때도 그랬죠.

"우리, 연애해볼래?"

갑자기 그때 생각을 하니까 또 웃음이 나네요.

규홍이와 난 산업디자인과라서 학교에서 밤샘 작업 할 때가 많아요.

그날도 다음날이 과제 마감일이어서

늦게까지 학교 작업실에 있었는데, 새벽에 너무 졸리더라구요.

그래서 자판기 커피를 한 잔 뽑아 마시다가

그만 과제에 쏟고 말았습니다.

막막한 마음으로 망가진 과제를 보고 있는데,

그때 규홍이가 제법 어른스럽게 이러는 거예요.

"야, 덜렁이, 또 한 건 했냐? 뭘 그러고 있어? 내가 도와줄게. 다시 해."

순간, 규홍이가 달라 보였어요.

뭐랄까... 처음으로 남자처럼 느껴졌다고 해야 할까요?

물론 과제는 완성하지 못했죠.

하지만 완성된 다른 작품이 있었습니다.

아침까지 내 과제를 도와주던 규홍이가

오전 수업이 있다고 작업실을 나가려는 순간,

사랑이 사랑에게

그 뒤통수에 대고 내가 그래버렸거든요.

"우리, 연애해볼래?"

그 말에 엎드려 자고 있는 줄만 알았던 과 애들이

하나 둘씩 고개를 들고,

규홍이는 얼굴이 빨개져 나가버렸습니다.

나도 모르게 툭 튀어나온 말에 나조차도 당황하고 있는데,

나가버린 규홍이한테 문자가 왔어요.

"해보자... 연애."

그 문자를 보자마자 흥분을 해서는 또 그랬습니다.

"애들아~ 나 이제부터 규홍이랑 CC다~"

규홍이랑 사귄 지 한 달쯤 됐는데,

요즘 둘이서 닭살 연애의 진수를 보여주고 있습니다.

며칠 전엔 우리의 닭살 행각이 텔레비전에까지 나왔대요.

여의도 벚꽃 축제에 가서

서로 번데기 먹여주면서 귀에 꽃까지 꽂고 놀았는데,

그 장면이 무슨 정보 프로그램에 포착됐나 봐요.

엄마가 그러시더라구요.

"우리 딸! 텔레비전에 나왔더라~ 연애하더니 아주 뻔뻔해졌던데?"

연애가 사람을 뻔뻔하게 만드는 건 틀림없는 것 같습니다.

사랑이... 사랑에게 말합니다.

연애는 지구에 단 둘이 살게 되는 착각이라고,

다른 모든 사람은 투명인간이 되는 마법이라고...

입장 바꿔보는 남자

수업 내용이 하나도 머리에 안 들어옵니다.
온통 그날 일에 대한 생각뿐이에요.
입장을 바꿔놓고 생각해보는 중입니다.
'만약... 내가 그녀의 친구들을 만났는데
친구들이 일부러 옛 남자친구의 이름을 거론하면서 장난을 친다...'
그럼 기분이 유쾌하진 않겠네요.
하지만 이렇게까지는 하지 않을 것 같습니다.

지난 주말에 고등학교 동창 녀석들을 만났어요.
녀석들이 여자친구 언제 보여줄 거냐고 하도 성화를 해대서
친구들 모인 자리에 처음으로 그녀를 불러냈습니다.
사실, 핑계를 대고 안 나올지도 모르겠다 싶었는데
고맙게도 쉽게 나오겠다고 하더라구요.
여기까지는 분위기가 좋았는데
녀석들이 술이 좀 오르면서 문제가 발생했습니다.
농담의 수위가 점점 높아진 거죠.
"제수씨, 고등학교 다닐 때 독서실 H양 사건 아세요?
호진이 첫사랑인데..."
"우리 중에 호진이가 행동대장인데... 아세요?
여자한테 가서 말 거는 건 호진이 따라올 사람이 없거든요."
그녀도 여기까지는 웃으면서 잘 받아주었어요.
그런데 진택이의 마지막 한 마디에 표정이 굳었습니다.

사랑이 사랑에게

"그러고 보니... 지난번 여자친구랑 많이 닮았네. 그렇지, 얘들아?"
순간 어색한 침묵이 자리를 감싸고,
그녀는 애써 아무렇지 않은 척 노력하며 자리에서 일어났습니다.
"저... 잠깐 화장실 좀..."
그렇게 나가선 지금까지 연락이 안 됩니다.

우리 과의 대표 닭살 커플 규홍이랑 소희가
슬금슬금 강의실로 들어오고 있습니다.
지난번에 작업실에서 둘이 사귄다고 폭탄선언을 한 뒤부턴
저렇게 만날 붙어다니는데... 만날 지각입니다.
데이트하느라 강의 들을 시간이 없는 거겠죠.

우리도 원래는 오늘 특별한 데이트가 있었어요.
만난 지 백 일째 되는 날이거든요.
예전 여자친구랑 닮아서 널 선택한 게 아니라고,
넌 그냥 너일 뿐이라고... 내 마음을 설명하고 싶은데
그녀는 내게 기회를 주지 않을 모양입니다.

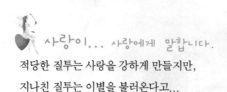

사랑이... 사랑에게 말합니다.
적당한 질투는 사랑을 강하게 만들지만,
지나친 질투는 이별을 불러온다고...

천 번 생각하는 여자

놓아줘야 한다는 거... 알아요.
기다려도 소용없다는 것도 알아요.
그런데 마음이, 마음이... 내 말을 잘 안 들어요.
주먹으로 아무리 세게 가슴을 내려쳐도 내 말을 듣질 않아요.
그 사람한테 사랑하는 다른 여자가 생겼다는데도
그럴 리가 없다고만 생각돼요.
그 사람이 날 그렇게 쉽게 잊을 리가 없다고만 생각돼요.

어젯밤에 한숨도 못 잤어요.
그 사람 소식이 궁금할 때마다
그 사람 친구인 진택이한테 전화를 해요.
그럴 때마다 진택이는 그러죠.
"호진이 소식 궁금해서 전화했지? 호진이 잘 있어. 걱정하지 마."
그런데 어제는 안타까워하며 그러더군요.
이젠 그만 호진이 잊으라고, 놓아주라고,
여자친구 생겼다고...
우리가 헤어진 건 이미 몇 달이나 됐는데
난 마치 어젯밤에 헤어진 것 같아요.
처음으로 우리가 헤어졌다는 사실이 실감났거든요.

이젠 거울에 붙어 있는 저 사진도 떼어내야 하는데... 두려워요.
화장대 거울엔 아직 그의 폴라로이드 사진이 붙어 있어요.

사랑이 사랑에게

떨리는 손으로 그의 사진을 떼어내고 있는데...
그런데 잘 떼어지지가 않아요.
오랫동안 붙어 있어서 그런지
스카치테이프 자국이 고스란히 거울에 남았어요.
손톱으로 긁어봐도 잘 없어지지가 않아요.
내 마음에 남아 있는 흔적만큼이나 잘 지워지질 않네요.

나를 보고 이렇게 웃지만 않았어도,
내가 이 남자를 사랑하게 되는 일 따위는 일어나지 않았을 텐데...
그녀도 이 미소에 이 남자를 사랑하게 됐을까요?
그 사람이 너무 멀리 가버리기 전에,
자존심 같은 건 다 버리고 매달려볼걸 그랬나 봐요.
그 사람 마음을 돌려놓기엔... 너무 늦어버린 걸까요?

엄마에게 전화가 왔어요.
오전에 텔레비전 AS 센터를 불렀다고 집에 있으라네요.
애프터서비스...
나도 그에게 이별에 대한 애프터서비스를 요청할 순 없을까요?
그에게 전화를 걸어도 될지,
딱 천 번만 더 생각해봐야겠어요.

사랑이... 사랑에게 말합니다.
한 사람과의 사랑은 딱 한 번뿐일 때가 아름다운 거라고,
한 장뿐인 폴라로이드 사진처럼...

지원군이 필요한 남자

태어나서 처음 하는 연애인데
큰 걸림돌 하나가 내 인생을 훼방 놓고 있습니다.
제거하자니~ 너무 옹졸한 남자가 될 것 같고
그냥 두고 보자니~ 연애 진도가 나가질 않을 것 같고...
그녀와 데이트를 하고 있으면
꼭 그녀의 친구에게서 전화가 걸려옵니다.
그러곤 우리가 있는 곳까지 한걸음에 달려오죠.
그게 극장이든, 놀이동산이든, 카페든 말이에요.
어쩌다 한두 번 그러는 것도 아니고,
만날 때마다 매번 그러니 사람 정말 미치겠습니다.
이젠 그깟 친구 하나 제어하지 못하는 그녀도 밉습니다.
물론 거절 못 하는 그녀의 성격 누구보다 잘 압니다.
그런 성격에 나도 처음 반했구요.

전자회사에 다니고 있는데
AS 담당이라서 늘 작업복을 입고 있거든요.
어느 날 작업복 단추가 떨어져서,
혹시 실 바늘이 있으면 빌려달라고 했더니
고맙게도 자기가 달아주겠다고 하더군요.
그러더니 떨어진 단추뿐만 아니라
그 밑에 덜렁거리는 단추들까지
모조리 튼튼하게 달아주었습니다.

그날... 그녀가 참 마음에 들었어요.

그래서 그 후로 며칠 동안 계속 저녁을 사겠다고 했죠.

그런데 매번 친구랑 약속이 있다면서 거절하더라구요.

그래서 내가 마음에 들지 않아 핑계를 대나 보다 그러곤

마지막으로 한 번만 더 해보자는 마음으로

"그럼, 친구도 같이 먹으면 되잖아요?" 했더니,

그날은 고개를 끄덕였습니다.

그날 본 친구가 바로 눈치 없는 그녀의 단짝 은정 씨예요.

매일 만나던 친구가 바로 그 친구더라구요.

텔레비전 전원이 안 들어온다는 신고랑

세탁기 고장 신고가 들어와서

지금 AS 지원을 나가는 길입니다.

그런데 지원군은 나한테도 필요한 것 같네요.

생각해봤는데, 그녀와 단 둘이 있을 수 있는 방법은

은정 씨한테 남자친구를 만들어주는 길밖에 없는 것 같습니다.

오늘 저녁, 누구에게라도 지원요청을 해야겠습니다.

누가 좋을까요?

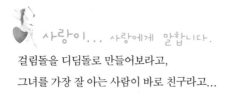

사랑이... 사랑에게 말합니다.

걸림돌을 디딤돌로 만들어보라고,

그녀를 가장 잘 아는 사람이 바로 친구라고...

휴지 적신 여자

그냥 모르는 척하고 싶은 게 아닐까요?
비 오는 날에도, 눈 오는 날에도, 바람 부는 날에도,
자기 전화 한 통이면 어디든 달려 나갔는데...
어떻게 모를 수가 있어요?
사랑이 아닌데 어떻게 그렇게 할 수가 있다고 생각하죠?

묻어두려고 했어요.
그런데 이렇게 군대에 보내버리면 살 수 없을 것 같은데... 어떡해요?
그냥 마음만이라도 전하고 싶었어요.
아니, 마음만 전하고 싶었다는 건 거짓말이에요.
그 사람도 내 마음을 알고 있는지,
알고 있다면 왜 나한테 기대를 갖게 만들었는지 묻고 싶었어요.
그런데... 몰랐대요.
한 번도 친구 이상으로 생각해본 적 없대요.

어젯밤 학교 앞 작은 선술집에서 혼자 술을 마시다가
처음으로 내가 먼저 그 사람을 불러냈어요.
"여기 '나무'인데... 올래?"
장편 소설 열 권은 될 말들을 가슴에 담고 있으니까
숨을 쉴 수가 없더라구요.
그래서 말한 건데... 무겁고 힘들어서 말한 건데... 괜히 했나 봐요.
그 사람, 당황하지도 않고 장난처럼 가볍게 웃어넘기며 그러대요.

"나도 너 좋아해. 우린 친구잖아."
친구... 좋은 말이죠.
그런데 난 왜 그 말이 그렇게 섭섭한 걸까요?
여자친구 있는 줄 알면서도 좋아한 거
그래요, 그건 내가 백 번 천 번 잘못했어요.
그런데 몰랐다는 건 정말 말이 안 되잖아요.

그 사람이 화장실에 간 사이에
소주잔을 눈물로 채우고 있으니까,
옆 테이블에 있던 여자가 휴지를 건네준 것 같아요.
술을 얼마나 많이 마셨는지
집에 오자마자 다 게워냈습니다.
그 정신에도 입고 있던 바지를 벗어 세탁기에 돌렸는데,
아침에 일어나 보니 [ERROR] 메시지가 떠 있네요.
아마 주머니에 잔뜩 들어 있던 휴지뭉치가 문제를 일으킨 것 같아요.
AS 센터에 전화를 해야겠어요.
그런데 물에 젖은 휴지뭉치가 가슴에 잔뜩 걸려 있는 것 같아
죽을 것만 같습니다.

 사랑이... 사랑에게 말합니다.

처음부터 빗나간 화살은 과녁을 통과하지 못한다고,
불발된 사랑의 화살을 이제 그만 잊으라고...

예쁜 착각에 빠진 여자

난 가끔 엄마 아빠가 원망스러울 때가 있어요.
어쩌자고 딸을 이렇게 예쁘게 낳아주셨는지...
오목조목한 이목구비와 민소매를 입어도 맵시 나는 가느다란 팔,
축복받은 긴 다리와 매끈한 종아리는 하이힐을 신으면 더욱 돋보이죠.
그래서 오늘도 망사 스타킹에 높은 하이힐을 신고 나왔어요.

내 별명은 '도도 리'예요.
이름은 이도희구요.
'도도 리'는 콧대 높고 도도하다고 해서 붙은 별명인데,
난 어려서부터 인형같이 생겼다는 칭찬을 많이 들었어요.
주위 사람들은 예뻐서 좋겠다고 부러워들 하지만
사실 예쁘면 귀찮은 일들이 아주 많아요.
아마 예쁜 사람들은 다 알겠지만, 정말 예쁜 게 죄거든요.
하루가 멀다 하고 남자들이 쫓아와 말을 걸죠.
새로운 어느 집단에 들어가게 되면
첫날부터 몇 명 남자들에게 찍힘을 당하죠.
그러다 결국은 나를 중심에 두고 사각 오각 관계로 얽히고...
아주 머리가 아프다니까요.

어제도 과 동기인 만수가 몇 년 만에 불쑥 전화를 해서는
학교 앞에서 보자는 거예요.
얼마나 변했는지 궁금해서 한 번 만나줬는데

55

여전히 촌스럽고, 말 더듬고, 이젠 배까지 나왔더라구요.

내 앞에만 있으면 그렇게 말을 더듬게 된다는데,

그것도 다 내가 예뻐서 일어나는 부작용이죠 뭐.

사실은 예전에 만수가 군대 가기 전날,

어제 갔던 그 '나무'에서 고백을 했어요.

물론 난 웃으면서 장난처럼 넘겼죠.

그런데 어제 바로 옆 테이블에서 비슷한 상황이 연출되고 있더라구요.

남자 여자 서로 역할만 바뀌었을 뿐 내용은 거의 비슷했어요.

그 여자, 멀쩡하게 생겨가지고

그깟 남자 때문에 왜 아까운 눈물을 흘리는지... 한심했어요.

하도 울기에 가방에서 휴지를 꺼내서 줬더니

고맙다고 목례를 하더군요.

그런데 되게 취해서 기억 못할지도 몰라요.

지금도 스키 동호회에서 알게 된 오빠를 만나러 가는 길이에요.

한 번만 만나달라고 전화통에 불이 나잖아요.

하마터면 소방차 부를 뻔했다니까요.

아, 저기 또 어떤 남자가 날 보고 걸어오고 있네요.

손에 종이를 들고 있는데

혹시 사인이라도 받으러 오는 건 아니겠죠?

 사랑이... 사랑에게 말합니다.

자신에게 멋지다고 말해주라고,

자신을 아끼는 사람만이 멋진 사랑을 할 수 있다고...

설문조사하는 남자

끌림, 갈망, 애착...
사랑에 빠진 연인들의 뇌 활동을 연구해온 미국의 한 교수가
사랑이란 감정이 이렇게 세 단계로 나뉘고,
단계마다 분비되는 호르몬이 다르다는 연구논문을
발표한 기억이 납니다.

끌림...
며칠 전 그녀를 처음 본 순간, 정말 강하게 끌렸습니다.
신촌에서 집에 가는 버스를 타려고 버스 정류장 쪽으로 가다가
횡단보도 중간쯤에서 그녀를 발견했습니다.
맞은편에서 그녀가 걸어오고 있었어요.
순간, 넋을 잃고 한참 동안 그녀만 바라봤죠.
정신을 차려보니 차들이 빵빵거리고 난리가 났더군요.
나도 모르게 몸을 돌려 그녀를 쫓아 뛰었습니다.
다행히 높은 하이힐을 신고 있어서 멀리 가지는 못했더라구요.
그녀를 따라 버스에 오르고, 그녀를 따라 내렸습니다.
무작정 뒤를 쫓아 걷고 있는데
발소리가 신경 쓰였는지 그녀는 딱 한 번 뒤를 돌아봤습니다.
난 묵묵히 그녀를 따라 아파트 입구까지 쫓아가서
겨우 말을 꺼냈습니다.
"저기요, 저 나쁜 사람 아니거든요.
오늘은 늦었으니까 이만 가고 내일 다시 오겠습니다."

사랑이 ♥ 사랑에게

갈망...

그녀를 만나기 위해 매일 그녀의 집을 찾아갔습니다.

오늘도 아르바이트만 끝나면 바로 달려갈 겁니다.

휴대폰에 관한 설문 아르바이트를 하고 있는데,

반달 모양 액정 닦이를 사은품으로 주니까

반응들이 좋습니다.

저기 망사 스타킹 신은 여자 분한테 부탁해야겠네요.

저렇게 도도해 보이는 여자가 의외로 사은품에 약할 수 있거든요.

오늘은 그녀에게도 설문지 한 장 건네주고 오고 싶습니다.

[어떤 남자를 선호하십니까?

지금 사귀는 남자는 있으십니까?

무작정 쫓아다니는 남자에 대해선 전혀 관심이 없으십니까?

아니면 내심 기분 좋으십니까?]

난 이렇게 궁금한 게 많은데,

당장이라도 문항 몇 백 개 정도는 쉽게 만들어낼 수 있는데,

그녀는 정말 나에 대해 궁금한 게 하나도 없을까요?

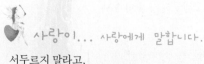

사랑이... 사랑에게 말합니다.

서두르지 말라고,

감정이 시간을 앞서가면 애착이 집착이 될 수 있다고...

불면증에 걸린 여자

괜찮아진다 싶었는데 다시 시작됐어요.
이 지독한 불면증...
병원에도 다녀왔는데 별 진전이 없네요.
며칠 동안 잠을 못 잤더니
이제는 눈 속에 모래알이 굴러다니는 것 같아요.

운전 중인데 큰일이네요.
상태가 이 정도로 심각한데,
잠들지 못하는 게 너무 짜증이 나요.
다 그 남자 때문이에요.
잊어야 하는데... 버려야 하는데... 잘 되질 않아요.
다른 사람은 다 알고 있는 사실을 나만 모르고 있었다는 게,
생각할수록 화가 나고 기가 막혀요.
어떻게 그렇게 감쪽같이
나를 속이고 다른 여자를 만날 수 있었는지,
나한테 미안하지도 않았는지...
불만이 있으면 불만이 있다고
부족한 게 있으면 부족한 게 있다고 말하면 됐잖아요.
아니면, 이제 날 사랑하지 않으니까 헤어지자고...
차라리 그랬으면 이렇게까지 비참하진 않잖아요.
아무것도 모르고 있는 내가 얼마나 답답했으면
그 사람과 절친한 후배가 내게 그런 얘길 해줬을까요?

사랑이 사랑에게

처음엔 다른 여자가 있다는 얘기를 듣고도
아닐 거라고, 뭔가 잘못 알고 있는 거라고 믿었어요.
그런데 '미안하다'고 그러더군요.
너무 쉽게 시인해버리는 그 사람이 참 원망스러웠습니다.
순간, 깨달았어요.
설사 모든 게 사실이라고 해도
그 사람이 지금 무슨 얘길 하는 거냐고
딱 잡아 떼주기를... 그래주기를 바라고 있었다는 걸.
헤어지자고 말한 사람은 나예요.
용서를 구하는 그 사람을 도저히 용서할 수 없었거든요.
아무래도 눈에 심각한 문제가 생긴 것 같아요.
따끔거리고 아파서 뜨고 있을 수가 없어요.
그런데 신호가 바뀌었는데
저 사람은 왜 횡단보도 한가운데 서 있는 걸까요?
차들이 빵빵거리고 난리가 났습니다.
저 사람도 나처럼 치유하기 힘든 배신이라도 당한 걸까요?
자고 싶은데 잠들지 못하는 것만큼이나
미운데 자꾸 생각나는 것도... 참기 괴로운 일이네요.

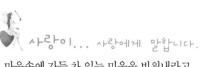

사랑이... 사랑에게 말합니다.
마음속에 가득 차 있는 미움을 비워내라고,
사랑하는 일만큼 미워하는 일도 힘든 거라고...

후회하지 않는 남자

내가 처음 그녀를 봤을 때,

그녀는 하얀 베레모를 쓰고 있었죠.

대학교 1학년 때였어요.

2학년 형들이 4대4 미팅을 하기로 되어 있었는데

그중 한 명이 갑자기 장염에 걸려 펑크를 냈습니다.

그게 아마 승우 형이었을 거예요.

덕분에 형들하고 친하게 지내던 내가 그 자리를 메우게 되었고,

거기에서 내 가슴을 뛰게 하는 한 여자를 만났습니다.

그런데 나만 그녀를 찜한 게 아니었어요.

진우 형도 그녀를 마음에 담았습니다.

그래서 난 후배라는 이유로

그녀에 대한 마음 한 번 내비치지 못한 채,

그녀를 선배 여자친구로만 대해야 했죠.

아... 이게 벌써 6년 전 일이네요.

그런데 1년쯤 있다가 진우 형한테 다른 여자가 생겼어요.

의심할 줄도 모르고 보이는 대로만 믿는 그녀는 아무것도 몰랐습니다.

무심해진 진우 형 옆에서 힘들어하기만 했어요.

내겐 보기만 해도 심장이 터질 것 같은 여자를

진우 형은 함부로 대했고,

난 그런 형을 참을 수가 없었습니다.

사랑이 ♥ 사랑에게

마음 같아선 죽도록 패주고 싶었으니까요.
고민하고 망설인 끝에
결국 난 형을 버리고 그녀를 선택했습니다.

왜 진우 형이 너에게 무심해졌는지... 너만 모르고 있다고...
네 애인이기도 하지만 다른 여자의 애인이기도 하다고...
힘들게 털어놓은 내 얘기를 다 들은 후,
그녀는 넋이 나간 표정으로
그럴 리가 없다는 말만 계속 되풀이해서 중얼거렸습니다.
그리고 그날 이후 지금까지 전화기를 꺼놓고 있어요.
힘든 시간을 혼자 버텨내고 있겠죠.
잠도 오지 않고,
밥도 먹히지 않고,
세상이 끝나버린 것 같아 죽고 싶을지도 모릅니다.
그래도... 난, 내 선택을 후회하지 않아요.
최선의 선택이었다고 믿으니까요.
부디 그녀가 잘 견뎌내기만을 바랄 뿐입니다.

 사랑이... 사랑에게 말합니다.
그녀를 위한 선택이었다고 변명하지 말라고,
사람은 누구나 자신을 위한 선택을 할 뿐이라고...

사랑은 다가가는 용기, 두려워하지
않고 받아주는 용기에서 시작됩니다.

사랑이
사랑에게

sweet sweet sweet love...

chapter 2

강 위로 부서지는
햇살 같은 **사랑**을
하고 싶습니다

스케줄 짜는 여자

도대체 무슨 자리를 잡는다는 건지 모르겠어요.
오빠는 결혼 애기만 나오면
아직 자리가 안 잡혀서 부담스럽대요.
자리가 잡힌 후에 안정된 결혼 생활을 시작하고 싶답니다.
왜 남자들은 이렇게 쓸데없는 고집을 부리는지 모르겠어요.
어른들 말씀이, 남자는 총각 때는 절대 돈을 못 모은다잖아요.
아무래도 난 핑계 같아요.
아직은 결혼이라는 제도 안에 들어가고 싶지 않은 거겠죠.
자유를 잃고 구속당하게 될까 봐 싫은 거겠죠.
그리고 오빠의 숙원 사업 중 하나인 미팅을
딱 한 번만이라도 해보고 결혼하고 싶을 거예요.
남들 대학교 때 다 해보는 미팅을 한 번도 못해봤대요.
하필이면 미팅하는 날 장염에 걸려서 펑크를 냈는데
그 이후론 아무도 자기한테 미팅을 안 시켜줬다나요?

오빠가 장이 안 좋아요.
집이 지방이라서 대학 시절 내내 서울에서 자취를 했는데,
그래서 장이 더 나빠진 것 같아요.
내가 기숙사에 들어가지 그랬냐고 했더니
기숙사는 귀가 시간이 정해져 있어서 싫었대요.
한마디로 구속이 싫었던 거죠.
그런 남자가 결혼을 빨리 하고 싶겠어요?

난 오빠가 밥도 제대로 못 챙겨 먹고 다니는 모습이
안타깝고 걱정돼서 그러는데
오빠는 내 마음을 너무 몰라주네요.
나한테 맡기기만 하면 인생 스케줄을 쫙~ 짜줄 수 있는데...
직업이 비서다 보니 스케줄 짜는 데는 일가견이 있거든요.
비서실에 나까지 세 명이 있는데
퇴근 시간이 다가오니까 다들 화장을 고치고 있네요.
데이트 약속이라도 있는 모양이에요.
나도 문자 한 통 보내놓고 슬슬 퇴근 준비나 해야겠습니다.
[오빠! 박승우의 디테일한 인생 스케줄 내가 쫙~ 짜줄 테니까
믿고 한 번 맡겨봐!]

사랑이... 사랑에게 말합니다.
자리 잡은 후엔 그 자리에 앉아줄 그녀가 없을지도 모른다고,
여자의 사랑은 미래지향적이 아니라 현실 만족형이라고...

사랑이 사랑에게

화장 고치는 여자

아침에 눈을 뜨면 또르르... 눈물이 흘러요.
변함없이 그대로인 세상이 서러워서... 눈물이 나요.
난 이렇게 1분 1초도 행복하지 않은데
천연덕스럽게 창문 틈을 비집고 들어오는 햇살도 싫어요.
바쁜 걸음으로 출근하는 사람들의 모습도 싫고,
그냥 그 자리에 꽂혀 있는 책장 속의 책들도 싫어요.
그 사람은 변했는데
변하지 않고 제자리에 있는 것들이,
그런 사람들이,
내 마음을 너무 힘들게 해요.
결혼 못 해 안달 난 비서실 박 선배도 마음에 안 들고,
지치지 않고 소개팅 해대는 옆 자리 미영이도 마음에 안 들어요.

오늘 새벽에도 난
고장 난 수도꼭지처럼 눈물이 멈추지 않아서
베개에 얼굴을 파묻고 소리 내 울었어요.
그는 꿈속에서조차 차가운 얼굴이더군요.
헤어지자고 말하던 며칠 전 그때처럼...
그런 그가 소름 끼치도록 낯설고 무서워서
발버둥 치며 겨우 꿈에서 깼는데... 순간, 잠시 헛갈렸어요.
꿈이 현실인지... 현실이 꿈인지...
곧 현실과 꿈이 그리 다르지 않다는 걸 깨달았죠.

새벽 네 시가 조금 넘은 시간,

일어나 책상 앞에 앉았어요.

그러곤 미니홈피에 들어가 그와의 추억을 다 지워버렸죠.

'사랑은 관계자 외 출입금지'라는 폴더를 열어

그와의 사랑을 모두... 삭제했습니다.

바닷가 모래밭에다 커다랗게 하트를 그려놓고

그 안에 둘이 들어가 꼭 끌어안고 찍은 사진은

지우는 데 한참이 걸렸어요.

내가 제일 좋아하는 사진이거든요.

다시는 사랑 같은 거... 믿지 않겠다고 다짐하지만

언젠가 또 믿게 되겠죠.

그를 사랑하게 된 것처럼

예고 없이 찾아오는 사랑 앞에 나를 맡겨버리겠죠.

하지만 지금은... 사랑만큼 참 부질없는 게 없는 것 같습니다.

눈물이 또 흐르네요.

마스카라가 번져 화장을 고쳐야겠습니다.

 사랑이... 사랑에게 말합니다.

수천 번 사랑한다고 속삭이고 다짐해도,

헤어지자는 단 한 마디에 끝나버리는 게 사랑이라고...

큰소리 친 남자

친구들 전화가 빗발칩니다.
지난 주말에 동창 모임 가서 허풍을 좀 떨었거든요.
"너희들 '선녀와 나무꾼' 알지?
그 선녀가 환생해서 돌아온 게 틀림없어.
선녀 옷을 감춘 나무꾼의 심정을 이제야 알겠노라~ 퍼펙트!"
그랬더니 다들 미팅 자리 주선하라고 난리법석이네요.

그래도 그날까지는 어느 정도 가능성이 보여서
그런 너스레도 떨었는데...
지금은 상황이 달라졌습니다.
그날 이후 내 전화를 피하고 있거든요.
따지고 보면 다 내 잘못이죠 뭐.
사실 소개팅 하고 나서 겨우 문자 몇 번 오고 간 사이인데,
잔뜩 취한 상태로 전화해서는 떼까지 썼으니
녀석들이 부추기는 바람에 완전 오버한 거죠.
맨 정신에 정식으로 애프터 신청을 해도 시원찮을 판국에
혀 꼬부라진 목소리로 이렇게 말했습니다.
"친구들이 미영 씨 보고 싶대요.
무조건 지금 나와요. 명령이라니까요~"
게다가 한 술 더 떠서 친구들이 돌아가며 한 마디씩 했습니다.
"말씀 많이 들었습니다. 그렇게 미인이시라면서요?"
"미영 씨, 날도 더운데 잠깐 나오세요! 얼굴 좀 보여 주세요~"

물론 그녀는 깍듯하고 상냥하게 전화를 받아주기는 했습니다.

직업 정신을 발휘한 것 같아요.

비서거든요.

벌써 일주일째 문자를 보내고 있는데 반응이 없습니다.

아니, 그다음 날 딱 한 번 문자가 오긴 왔어요.

[필요하시면 생수 배달시켜 드릴게요! 냉수 먹고 빨리 속 차리세요!]

큰일입니다.

친구들한테 미팅시켜준다고 큰소리 뻥뻥 쳐놨는데

싸나이 자존심에 차였다고 할 수도 없고...

열 번 찍어서 안 넘어가는 나무 없다니까

딱 백 번만 더 찍어보고

그때 가서 안 되면 사나이답게 깨끗하게 포기해야겠습니다.

어, 친구 녀석한테 또 문자가 왔네요.

[오늘 소개팅 해주라~ 뭔 말인지 알지?]

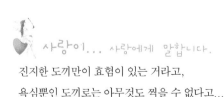

사랑이... 사랑에게 말합니다.

진지한 도끼만이 효험이 있는 거라고,

욕심뿐인 도끼로는 아무것도 찍을 수 없다고...

사랑이 사랑에게

과거 많은 남자

아니, 세상에 나만큼 괜찮은 남자가 어디 있다고
넝쿨째 굴러들어온 복을 걷어차도 유분수지...
날 만나지 않겠다는 건요,
1등에 당첨된 복권을 청바지에 넣고
그냥 세탁기에 돌려버리는 거나 마찬가지 일입니다.

어제가 우리가 사귄 지 1주년 되는 날이었어요.
내 딴에는 정말 열심히 준비했습니다.
커플 사진 찍으려고 스튜디오까지 예약하고...
그런데 점심 먹고 스튜디오로 가는 길에
예전에 잠깐 알고 지내던 지선이를 우연히 만났습니다.
그냥 모르는 척 지나가길 바라고 있는데
굳이 와서 아는 척을 하고 가더라구요.
그게 그만 잠자고 있던 그녀의 코털을 건드렸죠.
말없이 스튜디오 앞까지 걸어가더니
비장한 얼굴로 그러더군요.
"나, 사진 안 찍을래. 갑자기 억울해졌어."
그러더니 뜬금없이 소개팅을 하겠다는 겁니다.
내가 자기한테 처음이자 마지막 남자가 되는 게 싫다나요?

동창 녀석들이랑 술 한잔 하고 있는데,
아무리 생각하고 또 생각해봐도 이해가 안 가요.

내가 무슨 누명을 뒤집어씌운 것도 아니고,
도대체 뭐가 억울하다는 건지 도무지 모르겠습니다.
연애 초기에 그녀의 감언이설에 넘어가
내 과거사를 줄줄이 읊어대는 게 아니었어요.
손에 무기를 쥐어준 거나 다름없다니까요.
얼마 전에 또 소개팅을 했는지
대범이 녀석, 선녀를 만났다며 자랑을 늘어놓네요.

그런데 설마 진짜 다른 남자를 만나러 간 건 아니겠죠?
하루 종일 문자 한 통 없으니까 불안한데요.
눈에는 눈, 이에는 이라고 나도 확 미팅이나 해버릴까요?
대범이가 자기 여자친구랑 같이 비서실에 근무하는 여자들하고
미팅을 주선하겠답니다.
난 그녀가 내 인생의 마지막 여자이길 바라는데,
그녀는 내가 자기 인생의 마지막 남자인 게 싫다니...
우리 인연이 진짜 여기까지인 걸까요?

 사랑이... 사랑에게 말합니다.

간절하다면 잡으라고,
자만심을 버리고, 자존심을 버리고, 그녀밖에 없다고 말하라고...

73   사랑이 ♥ 사랑에게

조명 아래 앉은 여자

상처받는다고 해도, 이젠 어쩔 수 없어요.
이미 그 사람... 사랑하게 돼버렸거든요.
바람 빠진 축구공처럼 찌그러져 있던 내 심장이
다시 부풀어 올랐어요.
어떤 한 남자가 떠난 후,
영영 쓸모없어져 버린 줄만 알았던 내 심장이 뛰었거든요.
반가운 소리, 살아 있다는 신호,
콩닥 콩닥 콩닥...
그러니 그 사람을 사랑하는 일은 당연한 거잖아요.
그 사람이 나를 사랑하지 않는다고 해도,
사랑할 수 없다고 해도,
질투 같은 건 나지 않아요.
단지 내 마음을 들키지는 않을까 그게 조심스러울 뿐이죠.

난 그 사람의 포토 스튜디오에서 보조로 일하고 있어요.
그 사람의 연인은 매일 스튜디오로 오죠.
사랑하는 사람과 함께 있는 그 사람의 모습은
아침마다 운동화를 똑바로 놓아주던 오빠 같고,
밤새 내 일기를 베껴 방학숙제를 하던 남동생 같고,
그리고 생과자를 사들고 오시던 아버지 같아요.
난, 아버지가 일찍 돌아가셔서 그런지
아빠 같은 남자한테 자꾸 마음이 가요.

예약 손님을 기다리고 있는데
약속 시간 한 시간이 넘도록 안 오네요.
1주년 기념 커플 사진이니까 특별히 신경 써달라고
남자 분이 몇 번이나 전화로 부탁을 해서,
치즈 케이크에 초까지 준비해두었는데
연락도 안 되고, 오지도 않습니다.

기다리기 지루한지 그 사람이 나보고 의자에 앉아 보라네요.
처음으로 사진 한 장 찍어주겠다면서요.
연둣빛 긴 의자에 앉아
그 사람의 눈을 처음으로... 처음으로 마주봅니다.
눈을 보면 그 사람의 마음이 보인다고 하잖아요.
그래서 한 번도 그 사람의 눈을 똑바로 보지 못했어요.
행여 내 마음이 다 들여다보일까 봐...
조명이 강해 눈이 시큰거려요. 코끝까지 따끔거리네요.
아빠도 이렇게 날 앉혀두고는 카메라 셔터를 누르곤 하셨죠.
동네 작은 사진관의 사진사였거든요.
저 남자의 렌즈 속에서의 난... 어떤 모습일까요?
마음속으로 나지막이 말해봅니다.
사랑해요... 사랑해요... 사랑해요...

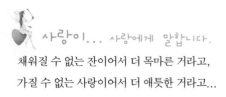

사랑이... 사랑에게 말합니다.
채워질 수 없는 잔이어서 더 목마른 거라고,
가질 수 없는 사랑이어서 더 애틋한 거라고...

악수 청한 남자

"오랜... 만이다."
공항에서 그녀를 보자마자
손을 내밀며 처음 해버린 말...
내민 손을 한참 동안 바라보고 서 있던 그녀,
심호흡을 짧게 한 번 하고는
"정말 오랜만인가 보다. 우리가 악수할 사이가 된 걸 보니까..."
몇 천 번, 보고 싶었다고 말하게 될 줄 알았는데
1년 만에 만난 여자친구한테
고작 한다는 말이... 오랜만이다...라니.

단정한 단발머리가 노란 커트머리가 되어서일까요,
종아리 굵다고 바지만 입던 그녀가
짧은 미니스커트를 입고 나타나서일까요,
왜 이렇게 어색한지 모르겠습니다.
그런데 그녀도 내가 편하지만은 않은 모양이에요.
계속 창밖만 내다보고 있거든요.
그러다 침묵이 너무 길어진다 싶으면
주위 사람들 안부를 묻습니다.
"태준이 오빠, 드라마 쪽에서 일한다면서? 애인은 생겼어?"
"이 사진 찍어준 오빠는 잘 있어? 지금도 스튜디오 해?"
생각나는 사람이 더 이상 없는지
다시 창밖으로 고개를 돌리네요.

사랑이 사랑에게

그런데... 혹시 저 사진을 보고
그녀도 나처럼 그날을 떠올리고 있는 건 아닐까요?

3년 전인가, 민성이 형이 스튜디오 리모델링을 한다고 해서
후배들이 가서 도와준 적이 있어요.
그런데 그녀가 연락도 없이 갑자기 거기에 나타났죠.
그 더운 여름에 커다란 화분을 사들고는,
이마에 땀이 송골송골 맺혀서...
아마 그 꼴로 그 가파른 언덕길을 걸어 올라온 모양이더라구요.
그 모습이 얼마나 사랑스럽던지
달려가 그녀를 꽉 안아주었습니다.
그 많은 사람들 앞에서 말이죠.
그랬던 내가 지금은 왜 이렇게 어색하게 구는 걸까요.
"너, 사진 속의 저 의자 생각나? 너랑 나랑 페인트로 칠한 건데..."
"그럼 기억나지. 그날 내가 화분 때문에 얼마나 힘들었는데.
그리고 저 의자, 내가 연두색으로 칠하자고 한 거잖아."
저 사진 속의 연인은 다정해보이는데,
왜 우리는 이렇게 멀리 있는 걸까요?

 사랑이... 사랑에게 말합니다.
떨어져 있던 시간 때문일 거라고,
시간을 이길 수 있는 사랑은 흔치 않다고...

다이어트 시키는 남자

요즘 그녀를 보면 코웃음이 절로 나옵니다.
건방이 하늘을 찌르거든요.
이젠 예뻐졌다~ 이거죠.
개구리 올챙이 적 생각을 못 하고 말이에요.

우린 둘 다 방송국 드라마 파트에서 일해요.
그중에서도 미술팀 소품 담당이구요.
그래서 내가 그녀를 찜한 거예요.
무거운 걸 드는 덴 힘 센 후배가 최고거든요.
떡 벌어진 어깨하며 튼실한 팔다리가
웬만한 남자 후배보다 훨씬 믿음직스럽더라구요.
게다가 북극에 떨어뜨려놔도 잘 살 것 같은 넉살까지.
하지만 그녀에게도 늘 강조하지만
연애할 마음은 진짜 눈곱만큼도 없었습니다.
날아갈 듯 가벼운 여자 후배들을 다 제쳐두고 내가 왜 그랬겠어요?
그날 내가 뭐에 단단히 홀린 거죠.

지방 출장을 가던 날인데
그녀가 온몸이 불덩이가 돼서 나타났어요.
얼굴엔 울긋불긋 열꽃까지 피어나고,
하룻밤 사이에 얼마나 앓았는지 얼굴이 반쪽이 됐더군요.

그래서 들어가 쉬라고 했더니
끝까지 고집을 부리면서 그 먼 곳까지 따라가겠다는 거예요.
그날 그녀가 참 예뻤습니다.
그녀의 책임감, 프로정신, 지지 않으려는 오기... 그런 게 멋져 보였죠.
자세히 뜯어보니 미운 얼굴도 아니더라고요.

그날 이후, 그러니까 우리가 사귀기 시작한 이후
그녀는 나날이 아름다워지고 있습니다.
승천을 꿈꿔도 될 만한 용이 되어가고 있죠.
철저한 식단과 운동으로 피나는 다이어트를 시키고 있거든요.
그래서 요즘 보는 여자 후배마다 그래요.
"태준 선배, 아르바이트로 나하고 세 달만 사귀어줘!"
항간에 떠도는 소문에 의하면
내가 데이트 비용을 아끼려고 일부러 그런다는 얘기도 있습니다.
하지만 절대 그건 아니에요.
난, 그녀를 사랑합니다.
못 먹게 하는 건 내 사랑의 징표일 뿐이죠.
그런데 방송 시간이 다 됐는데 어딜 가서 안 나타나죠?
오늘 첫 방송인 드라마가 있어서 같이 모니터링하기로 했거든요.
예뻐지더니 바빠지기까지 하나 봅니다.

사랑이... 사랑에게 말합니다.
상대방이 원하는 모습이 되고 싶은 게 사랑이라고,
다른 사람으로 거듭나게 만드는 게 사랑의 힘이라고...

클립을 건네받은 여자

한 번도 송두리째 내 마음을 다 내어준 적 없었어요.
그런데 그 사람은 아니었습니다.
두려움 없이 다 주고, 아낌없이 사랑해주었죠.
그래서 그는 후회가 없고, 난 이렇게 후회투성인가 봐요.
그 사람이 싫다고 하면... 고집부리지 말고,
그 사람이 좋다고 하면... 내키지 않아도 웃어주고...
그럴걸 그랬어요.

방송국 입사 동기인 나영이가 그러더군요.
"네 사랑은 너무 이기적이야.
사랑엔 원래 희생이 따르는데 넌 안 그러잖아?
받는 사랑만 아는 넌... 아직 사랑할 자격이 없어."
나영이는 남자친구 바람대로
다이어트를 위해 밥까지 굶어가면서 운동을 하고 있다면서
그게 생각보다 얼마나 어려운 일인지 아느냐고 물었습니다.

나영이의 매몰찬 충고...
섭섭했지만 맞는 말이었어요.
난 그 사람 만나는 내내
행여나 내 몸 어디라도 생채기 날까 봐 조바심 냈고,
내 마음 어디라도 구멍이 뻥 뚫릴까 봐 걱정했으니까요.
헤어지더라도 아프지 않을 만큼만, 상처받지 않을 만큼만 사랑하자...

사랑이 사랑에게

그 사람이 날 이만큼 사랑하니까, 난 이만큼만 하면 되겠지...
늘 이런 생각이었으니까요.

헤어지던 날, 그 사람이 클립 한 통을 건네주었어요.
"너 기다리다가 요 앞 모닝글로리에서 하나 샀어.
난 네 사랑이... 늘 이 클립 같다고 생각했거든. 웃기지?
그런데 생각해봐라. 클립은 상처도 흔적도 아무것도 남기지 않잖아.
헤어져도 그만이잖아. 그래서 힘들었어. 나... 오랫동안..."
그땐 그 사람 말이 다 맞는 것 같았어요.
그런데 며칠이 지난 오늘에야 깨달았습니다.
그 사람 말이 틀렸다는 걸요.
난 클립 같은 사랑을 한 게 아니라,
호치키스 같은 사랑을 하고 있었다는 걸요.
그 사람과 헤어진 후
숨도 쉴 수 없을 만큼 심장이 아픈데...
내 심장에 날카로운 호치키스 알이 박히는 줄도 모르고,
헤어져도 괜찮을 만큼만 사랑한다고 착각하고 있었던 거죠.
오히려 클립 같은 사랑을 한 사람은 그예요.
돌아서도 상처가 되지 않을 만큼...
후회 없이 사랑했으니까요.

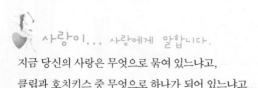

사랑이... 사랑에게 말합니다.
지금 당신의 사랑은 무엇으로 묶여 있느냐고,
클립과 호치키스 중 무엇으로 하나가 되어 있느냐고...

동행해준 남자

연민... 일까요? 사랑... 일까요?
두 볼에 조용히 흐르던 그녀의 눈물이 자꾸 생각납니다.
젖은 눈을 보이지 않으려고
애써 창밖만 바라보며 서울까지 온 그녀가 자꾸 마음에 걸려요.

며칠 전이었어요.
가게에서 드라마 재방송을 한참 재밌게 보고 있는데,
그녀에게 전화가 걸려왔습니다.
"이번 주 토요일에 나랑 어디 좀 같이 가줄래?"
"그날 저녁 때 부모님이랑 공연 보러 가기로 했는데..."
"그럼 오전에 차로 좀 데려다주라. 부탁할게."
어딜 가려고 생전 안 하는 부탁까지 하는지 궁금했지만
손님이 들어오는 바람에 물어볼 수가 없었어요.
"클립 있나요?"
"네. 저기 두 번째 끝 열 한 번 보시겠어요?"

그날 이후 다시 전화가 없어서 그냥 없던 일로 생각하고 있었는데,
오늘 아침 느닷없이 그녀가 전화를 했습니다.
"나, 여기 모닝글로리 앞인데 넌 집이지?
여기서 기다릴 테니까 천천히 준비하고 나와."
당황스럽긴 했지만,
까칠한 성격에 이런 부탁 하는 걸 보니 정말 중요한 일 같아서

사랑이 사랑에게

세수만 하고 뛰어나왔습니다.

그녀는 멀리서 봐도 한눈에 차려입은 폼이 나더군요.

눈부시게 하얀 민소매 원피스에 하얀 카네이션...

"도대체 어딜 가는데 그래?"

"어려운 부탁 해서... 미안해.

늘 아빠랑 같이 갔는데 아빠가 일본 출장을 가서서...

혼자 가면 발걸음이 떨어지지 않을 것 같아서..."

처음엔 그녀가 무슨 말을 하는지 알 수가 없었어요.

어머니가 안 계신지 전혀 모르고 있었거든요.

그래도 친구인데 아무것도 모르고 있었다는 게 얼마나 미안하던지...

엄마의 비석 앞에 도착한 그녀는

카네이션과 함께 가방에서 책 한 권을 꺼내 놓아드렸습니다.

"오늘 엄마 생일이잖아.

이 책 젊은 큐레이터가 쓴 건데 엄마도 좋아할 거야.

오늘은 친구랑 같이 왔어. 아빠가 출장 가서서."

오늘은 친구 자격으로 그녀의 어머니께 인사를 드렸지만,

다음번엔 남자친구 자격으로 인사를 드리게 될 것 같아요.

밤새도록 그녀의 눈물이 내 가슴에서 마르지 않고 있습니다.

 사랑이... 사랑에게 말합니다.

지금 싹트고 있는 그 감정을 솔직하게 고백하라고,

사랑을 얻는 가장 좋은 방법은 솔직함뿐이라고...

엽서에 사인하는 여자

책을 받아든 순간 가슴이 뭉클했어요.
처음 출판사에서 의뢰가 왔을 땐,
과연 내가 말이 아닌 글로
사람들에게 그림을 보여줄 수 있을까, 설명할 수 있을까...
정말 많이 고민됐거든요.
고민 끝에 언제 다시 올지 모르는 기회니까 한번 해보자 한 건데...
그림을 선정하는 일부터 원고를 작성하고 탈고하는 일까지
꼬박 1년이 걸렸습니다.
하다 보니 점점 욕심이 생기더라고요.
완벽주의... 난 이게 늘 문제예요.
포기할 건 빨리 포기하고,
지금 할 수 있는 최선의 해결책을 찾아야 하는데
그걸 잘 못하거든요.

며칠 전 전국 서점에 배포되고,
오늘은 시내 대형 서점에서 저자 사인회가 있어요.
사인회 같은 건 연예인만 하는 줄 알았는데,
살다 보니 내게도 이런 드라마틱한 순간이 오네요.
떨리고 설레고 긴장되고 흥분되고...
집에 있을 수가 없어서 서점에 좀 일찍 왔어요.
내 책이 어디쯤 진열되어 있나 보고 싶기도 하고,
어떤 사람들이 내 책을 사나 궁금하기도 하고... 그래서요.

사랑이 사랑에게

드디어 사인회가 시작됐습니다.

한 여자 분이 엄마한테 선물할 거라고

엄마 이름으로 사인을 부탁하네요.

그리고 이번엔 작은 엽서에 사인을 해달라고 하는데,

그런데 이 엽서의 나비 그림... 왠지 낯이 익어요.

맞아요, 그래요... 내가 그 사람한테 직접 그려서 보낸 엽서예요.

샤갈을 좋아하던 사람,

나에게 큐레이터가 아니라 화가가 되라고 한 사람,

자기가 아니라 일을 선택한 날 용서할 수 없다고 한 사람,

그립고... 그립던 사람,

지금 내 앞에 그 사람이 와 있는 게 확실해요.

하지만 이 자리에선 끝까지 확인하지 않을래요.

고개를 들어 그 사람을 보는 순간

난 정신을 잃고... 이 사인회는 엉망이 돼버릴 테니까요.

떨리는 펜으로 엽서에 사인을 하고,

망설이다가 내 전화번호를 적어 넣습니다.

두 번째 선택은 이 사람에게 맡기고 싶어요.

 사랑이... 사랑에게 말합니다.

어떻게 침착할 수 있느냐고,

침착한 사랑은 가슴에 이름을 새길 수 없다고...

사랑이 사랑에게

작업실에 간 여자

한국으로 돌아온 이후,
그는 이유 없이 바쁘고 자주 짜증을 내요.
프랑스에서는 한 번도 그런 적 없거든요.

우린 프랑스에서 만났어요.
나의 베스트 프렌드, 나리 덕분에요.
유난히 외로움을 많이 타는 내가
유학을 결정할 수 있었던 것도 순전히 나리 때문이에요.
나리와 난 중학교 때 미술학원에서 만나
지금까지 같은 길을 걷고 있는 가장 절친한 친구죠.
한국에서도 안 배운 자전거를 굳이 프랑스에서 배우겠다고 한,
나에겐 고마운 친구고요.

나리가 프랑스에서 자전거를 배우겠다고 난리를 치다가
벽에 부딪혀서 많이 다친 적이 있어요.
그때 다행히 한국 남자가 그 옆을 지나가다가 도와주었고,
고마움의 표시로 그날 저녁 나리와 내가 그 남자를 초대했죠.
그날부터 우리 셋이 삼총사가 됐어요.
그런데 얼마 후에 나리네 집에서 연락이 왔어요.
할머니가 위독하시니 빨리 한국으로 돌아오라고...
나리는 다음 날 바로 서울로 날아갔어요.
할머니 손에 자라서 할머니 정이 대단했거든요.

나리가 없으니 자연스럽게 그 사람과 더 가까워졌고,
그러다 결국 사랑하기에 이르렀죠.

프랑스에선 행복했는데...
아무래도 그 그림이 범인 같아요.
프랑스에서 그 사람 작업실에 몇 번 간 적이 있는데
그때 인상 깊었던 액자가 있어요.
강렬한 색채의 나비 그림이 끼여 있던 액자인데
왠지 그 사람한테 소중한 그림 같았거든요.
한국으로 올 때도 그 액자부터 챙기더니
한국에 와선 아예 그 그림만 빼서 들고 다니더라고요.
오늘은 서점에 미술 관련 서적을 사러 간다더니
무슨 일인지 전화기까지 꺼두었네요.
아무래도 내 예감이 맞는 거겠죠?
내게 점점 냉정해지고 멀어지는 이유,
가슴에 품고 다니는 그 화려한 나비의 주인 때문이겠죠.

 사랑이... 사랑에게 말합니다.

그 사람 믿어주라고,
의심하면 달아나지만 믿어주면 돌아올 거라고...

사랑이 사랑에게

고릴라 닮은 남자

우리 집엔 고릴라 인형이 마을을 이루고 있습니다.

미용실 고릴라, 찜질방 고릴라, 편의점 고릴라, 세탁소 고릴라.

어릴 적부터 생일 선물로 고릴라 인형을 많이 받았거든요.

그런데 이 납작코 고릴라 인형을 나만 받아오느냐, 아닙니다!

우리 형도 지금까지 꾸준히 받아오고 있죠.

그런데 엄마는 그 이유를 전혀 모르시겠다는 눈치예요.

고릴라가 한 마리씩 늘어날 때마다 그러시죠.

"왜 네 친구들은 만날 고릴라만 사주냐? 잘생긴 우리 아들들한테..."

그런데 우리 엄마 같은 여자가 세상에 또 있다니, 이건 기적입니다.

눈에 콩깍지가 씌워 그런 건지

아니면 그녀만의 특별한, 아니 특이한 취향인지는 모르겠지만

그녀가 날 사랑하는 것만은 확실합니다.

비가 오는 날이면 빗물 들이칠까 걱정되는

이 주저앉은 코를 보고 원빈 닮았다고 하질 않나,

내가 봐도 맹한 눈빛을 보고 카리스마 넘친다고 하질 않나...

그러니 이게 사랑이 아니고 뭐겠습니까?

친구들은 이런 우리를 보고 그러죠.

'속없는 미녀와 겁 없는 야수'라구요.

오늘은 속없는 미녀와 춘천에 왔습니다.

이 겁 없는 야수가 여자친구 생기면 꼭 해보고 싶은 일이 있거든요.

안장이 두 개 달린 커플 자전거를 타고
저 예쁜 가로수 길을 달려보는 거요.
그런데 그녀는 무서워서 도저히 못 타겠다고 버티고 있습니다.
"프랑스에 있을 때 자전거 배우다 죽을 뻔했단 말이야.
벽에 부딪혀서..."
아무래도 애교작전이 필요한 시점 같죠?
고릴라 춤 한방이면 조용히 자전거에 올라탈 겁니다.
이것 봐요.
결국은 뒷자리에 올라타고 있잖아요.
"나리야. 오빠가 너무 고마워~ 사랑해!"
저기 벤치에 앉아 아이스크림 먹는 커플도 있고,
하얀 면 티셔츠에 청바지를 맞춰 입고 온 연인도 보이네요.
다들 행복해 보입니다.
시간이 이대로 멈춰버렸으면 좋겠어요.
영원히 이렇게 그녀와 함께
같은 방향을 보고 같은 속도로 페달을 밟을 수 있으면 좋겠습니다.
평생 이 자전거 위에서 살 수는 없을까요?

 사랑이... 사랑에게 말합니다.

한 번 쓴 콩깍지는 영원히 벗지 말라고,
콩깍지를 벗는 순간 사랑은 연기가 되어 날아간다고...

심장 뛰는 남자

우리가 사귄다는 소문이 파다한 건 알아요.
좋은 공연 있으면 같이 보러 다니고,
텔레비전에 맛 집 소개되면 같이 찾아다니고 하니
그렇게 보일 수도 있겠죠.
하지만 우린 정말 아니거든요. 아니, 아니었거든요.
그런데 사실 며칠 전에... 춘천에 갔다 온 그날,
뭐라고 설명할 수 없는 미묘한 감정이 생기긴 했어요.
그래서 지금 머릿속이 복잡한 거구요.

일요일 오후에 전화가 왔어요.
방금 텔레비전에 소개된 닭갈비집에 가자구요.
그래서 바로 만나서 춘천으로 달렸죠.
나도 청바지에 하얀 티셔츠를 입고 나갔는데,
그녀도 청바지에 하얀 셔츠 차림이더라구요.
아마 누가 보면 커플룩인 줄 알았을 거예요.
카레 소스로 요리한 닭갈비도 먹고,
안장이 두 개 달린 자전거도 빌려 타고,
거리에서 그림 그려주는 화가한테 인물화도 그리고...
오랜만에 맑은 공기 쐬니까 속이 다 시원해지더라구요.

그런데 서울에 와서 술을 마신 게 문제였어요.
굳이 자기 동네 꼬치구이 집에서 한잔 하고 가라잖아요.

"오늘 우울했는데 같이 놀아줘서 고마워서 그런다!

대리비까지 책임질게! 딱 한 잔만 하고 가라~"

우울했다는 한 마디에 마음이 약해져서는

그만 꼬치구이 집 문턱을 넘어버린 게 운명의 장난이었던 거죠.

왜 갑자기 그녀가 예뻐 보이냐구요?

그래서 나도 모르게 그녀의 볼에다 뽀뽀를 해버렸다니까요.

친구 사이라서 그 정도는 괜찮을 줄 알았는데, 그런데 아니더라구요.

심장이 막 뛰잖아요.

그래서 그녀의 손을 내 심장에 갖다대며 그랬죠.

"심장이... 뛰어. 만져봐."

그랬더니 무드 없게 한다는 말이,

"그럼 심장이 뛰지, 걷냐?"

그런데 믿기 어렵게도 그 순간 심장이 더 빨리 뛰기 시작했어요.

그날 이후 삼 일째, 우린 서로 피하고 전화도 안 하고 있어요.

잘 모르겠어요.

그날 분위기상 잠깐 그녀가 그렇게 보인 건지,

아니면 내가 그녀를 진짜 여자로 느끼게 된 건지...

그걸 모르겠습니다.

 사랑이... 사랑에게 말합니다.

쑥스러워도 도망가지 말라고,

친구에서 연인이 되는 통과의례라고...

사랑이 ♥ 사랑에게

못생긴 엄지손가락을 가진 여자

노력해도 안 되는 게 있잖아요.
애당초 처음부터 그렇게 생겨먹어서
아무리 노력해도 어쩔 수 없는 것,
내 이 뭉뚝한 엄지손가락처럼요.
그 사람이 내겐 이 엄지손가락 같은 존재예요.
남들 보기엔 볼품없지만... 그래도 내겐 너무나 소중한.
그래서 더욱 애처롭고 안쓰러운.
그런 사람이 며칠 전 아무런 말도 없이 갑자기 사라져버렸어요.
이유는... 날 힘들게 하고 싶지 않다는 거였죠.

그림 그리는 남자를,
그것도 거리에서 인물화나 그려주는 남자를 만난다고
엄마가 급하게 선 자리를 알아보고 난리가 났었거든요.
엄마 성화에 못 이겨 몇 번 선을 봤는데...
그 사실을 알고는 없어져버렸어요.
혜화동 뒷골목 끝, 허름한 그의 옥탑 방엔
내가 선물한 휴대폰만 덩그러니 놓여 있었죠.
확인하지 않은 문자 메시지 몇십 개와 부재중 통화 몇십 통...
그리고 춘천에 사는 친구와 통화한 기록이 남아 있었어요.
그래서 바로 춘천으로 달려온 거구요.

그 사람을 처음 본 건 대학로 마로니에 공원에서였어요.

벙거지 모자에 까칠까칠해 보이는 턱수염 그리고 꽁지머리를 하고선
쪽 의자에 걸터앉는 나에게 물었죠.
"그리시겠어요? 전 다른 분보다 좀 오래 걸리는데..."
난 고개를 끄덕였고 한 시간 조금 넘게 앉아 있었나,
드디어 완성된 그림이 내 손에 쥐여졌습니다.
그런데 그림이 마음에 들지 않았어요.
그림 속의 여자는 너무 어두워 보였거든요.
"제가... 이렇게 어둡나요?"
"글쎄요, 제가 보기엔 괜찮은데...
손님 눈에 그렇게 보인다면 아마 손님의 마음이 그래서겠죠."
세상에 아무런 욕심이 없어 보이는 그 사람이 참 좋았어요.
그래서 다음 날부터 시간만 나면 찾아갔죠.
그때 그린 그림만 스무 장이 넘어요.
저기, 그 사람의 모습이 보이네요.
춘천에서 이런 그림을 그릴 곳은 빤하잖아요.
청바지에 하얀 티셔츠를 커플로 입은 연인을 그려주고 있네요.
지금 내가 불쑥 자기 앞에 나타나도 무덤덤하게 그러겠죠?
"왔냐?"
아무리 도망치고 달아나도 소용없다는 걸
그 사람도 알았으면 좋겠습니다.

사랑이... 사랑에게 말합니다.

사랑을 지키겠다는 이유로 사랑을 버리지 말라고,
버려진 사랑은 버려지는 것일 뿐, 지켜지는 게 아니라고...

사랑이 ♥ 사랑에게

죄 많은 남자

전생에 나쁜 짓을 많이 했나 봐요.
남의 집 창을 와장창 깨뜨려놓고는 모른 체 도망쳤다거나,
도서관에서 빌린 책을 일부러 반납하지 않았다거나,
더 많이 거슬러 받은 동전을 알면서도 돌려주지 않았다거나...
그러니까 세상이 이렇게 내 편이 되어주지 않는 거겠죠.
어떤 남자인지 몰라도
그 남자는 전생에 덕을 많이 쌓은 사람일 겁니다.
내가 아는 사람 중에서 가장 착하고 이해심 많은 그녀를,
게다가 예쁜 손과 긴 속눈썹을 가진 그녀를 아내로 맞게 됐으니...
그 남자는 분명 좋은 남자일 거예요.
그러니까 그녀 같은 귀한 선물을 받게 되었겠죠.

사실... 난 그녀도 날 좋아하는 줄 알았어요.
선배 이상으로 생각하고 있다고 믿었습니다.
나에 대해 호감을 비친 적도 없지만, 싫은 내색을 한 적도 없거든요.
그런데 다 나의 오해였어요.
그녀는 단지 예의를 갖춰 친절하게 대했을 뿐인데
나 혼자 북 치고 장고 치고 그런 거죠.
얼마 전, 그녀가 결혼한다는 소식을 단체 문자로 보내왔을 때
그때서야 알았어요.
그녀에게 난 특별히 전화를 걸어 결혼소식을 알리지 않아도 되는,
그저 단체 속의 한 사람일 뿐이라는 걸 말이죠.

그녀를 좋아하기 전까지는
누구를 좋아하고 싫어하는 그깟 감정쯤은
얼마든지 내 힘으로 충분히 조절할 수 있다고 확신했어요.
그런데 이젠 알 것 같습니다.
그게 얼마나 건방진 생각이었는지 말이에요.
어젠 호텔 커피숍에서 선까지 봤어요.
그런데 다 소용없는 일이더라구요.
다행히 맞선녀도 엄마 때문에 어쩔 수 없이 나오게 됐다며
좋아하는 사람이 따로 있다고 양해를 구했습니다.
"짝사랑이 아니라면 협조해드리겠습니다.
제가 그쪽이 마음에 안 든다고 하면 되는 거죠?"
짝사랑만은 그 누가 한다고 해도 말리고 싶거든요.
너무 아프니까요.
심장을 날카로운 종이에 백 번쯤 벤 것처럼 그렇게...
당분간은 이 상처가 아물기만을 기다려야 할 것 같습니다.
그런데 짧고 굵은 손가락을 가진 맞선녀는 잘 돼가고 있을까요?

사랑이... 사랑에게 말합니다.

누군가를 좋아하면 착각하게 되는 거라고,
희망이 있기에, 바람이 있기에 착각하고 싶어지는 거라고...

사랑이 사랑에게

육교 위에 서 있는 여자

어쩐지 이상하다 싶었어요.
비밀이 너무 많았거든요.
한 번도 자기 얘길 진지하게 한 적이 없어요.
어쩔 땐 나이랑 이름은 진짜냐고 묻고 싶은 심정이었죠.
그래서 미니홈피를 찾아보기도 했어요.
그러면 뭔가 좀 알 수 있을까 해서요.
그런데 그 흔한 미니홈피도 없더라구요.

녀석이 사수생이라는 사실을 알게 된 건 며칠 전이었어요.
그날도 만나서 영화 한 편 보고 나더니
밥도 안 먹고 가겠다는 거예요.
미안하다고... 급하게 갈 곳이 있다고...
그래서 그날은 뒤를 쫓아가 봤죠.
늘 뭔가에 쫓기는 듯 불안해하는 행동들이 미심쩍었거든요.
사실은 혹시 다른 여자랑 양다리 걸치고 있는 건 아닐까 하는
의심에서 출발한 건데...
결과는 정말 예상 밖이었습니다.
엉뚱하게도 노량진에 있는 어느 재수 학원으로 들어가더라구요.
학원 앞에 있는 육교 위에서
그 모습을 내려다보며 의아해하고 있는데,
그때 아는 언니한테 단체 문자가 도착했어요.
드디어 결혼에 골인했다며 한 턱 쏘겠다구요.

순간, 이런 생각이 들었어요.

서로 얼마만큼 알아야 결혼이라는 걸 하게 될까,

도대체 난 저 녀석에 대해서 뭘 알고 있을까,

저 녀석은 나에 대해서 뭘 알고 있을까...

그러곤 녀석에게 문자를 보냈습니다.

[학원 앞에 있는 육교 위]

그랬더니 녀석이 바로 달려나와 육교 위를 올려다보더군요.

그러더니 말없이 학원으로 다시 들어가버렸습니다.

세상에서 가장 절망스러운 남자의 표정을 하고는...

그리고 그날 새벽, 녀석에게 문자가 왔어요.

[미안해... 말하려고 했는데... 타이밍을 놓쳐버렸어.]

문자에서 싸한 소주향이 묻어나는 것만 같았습니다.

아무 대답도 하지 않고 있다가 오늘에야 답 문자를 보냈어요.

[단 하나의 거짓 때문에 다른 모든 진실마저도 거짓으로 느껴져.

이젠 널 믿을 수 없을 것 같아. 그게 너무 아프다...]

어디에서부터 뭐가 어떻게 잘못되었는지 모르겠습니다.

단지 정말 타이밍을 놓쳤을 뿐일까요?

그 말은 진실일까요?

사랑이... 사랑에게 말합니다.

말하지 못한 이유가 분명 있을 거라고,

그 이유까지 헤아려준다면 눈물이 날 만큼 고마워할 거라고...

가위 바위 보 하던 여자

기쁘고 즐겁기만 했던 날들이
이렇게 한심하게 비참할 수 있다니...
그 사람, 내겐 전부였나 봐요.

어제 내 생일이었어요.
과 동기들의 축하파티도, 가족들의 저녁 식사도 거절하고
혼자 거기에 갔습니다.
우리가 자주 가던 인도풍의 바가 있거든요.
테이블 대신 도톰한 돗자리 같은 게 깔려 있고,
좌석마다 하늘거리는 하얀색 커튼이 드리워져 있어서
마치 어린 시절 마당에 우산을 활짝 펴놓고
그 안에 들어가 앉아 있는 것 같은 묘한 기분이 드는 곳...
거기를 발견하고는 우리 둘이 얼마나 좋아했는지 몰라요.

그 애와 헤어진 후 한 번도 갈 수 없었는데...
어쩌면 친구들하고 어울려 올지도 모르잖아요.
그런데 어제는 눈 딱 감고 진짜 용기 내서 가봤어요.
그리고 거기까지 가는 동안 내내 주문을 걸었죠.
마주치더라도 당황하지 말자...
아니, 네가 있을 것 같아서 왔다고 말하자...
아니, 혹시 내 생일을 기억하고 있는지만 물어보자...
그런데, 그 애는 없었습니다.

오늘부터는 또 학교 축제예요.

작년 축제 땐 둘이서 유치한 커플 게임에도 참가하고,

보드 게임도 하고, 주점에서 막걸리도 마시고 그랬는데...

오늘은 멍하니 잔디밭에 앉아 작년 축제만 가득 떠올리다가

터벅터벅 집에 가는 길이에요.

이상하게 해가 지면 더 많이 생각나요.

더 많이 보고 싶고, 더 많이 전화하고 싶고...

육교 옆에 있는 빵집에서 베이글을 좀 사가야겠어요.

하루 종일 아무것도 못 먹었거든요.

청 모자를 눌러쓴 한 남자가 생일 케이크를 사고 있네요.

그런데 저기 육교 위에

한 여자가 난간에 기대 꼼짝 않고 조각처럼 서 있어요.

지나치면서 봤는데 울고 있는 것 같더라구요.

혹시 저 육교가 추억의 장소라도 되는 걸까요?

우리도 그랬거든요.

저 육교를 건널 때마다... 한 칸 한 칸 계단을 오를 때마다...

가위바위보! 가위바위보!

사랑이... 사랑에게 말합니다.

가위바위보처럼 결과를 예측할 수 없는 게 사랑이라고,

이제 그만 떠난 사랑을 건너라고...

사랑이 사랑에게

진밥 싫어하는 여자

하긴 그렇게 괜찮은 남자라면 자기가 어떻게 해봤겠죠.

날 소개해줬겠어요?

미선이 고 계집애가 어떤 계집앤데,

자기 말대로 집안 좋고 인물 좋고 능력 좋은 남자를

그리 쉽게 덥석~ 나한테 넘겨줬겠어요?

그 남자의 주변 인물들이 괜찮거나

아니면 업무상 꼭 잘 보여야 하는 사람이거나 그랬겠죠.

아니, 아무리 그래도 그렇지

이렇게 친구를 도매가로 넘겨버릴 수가 있는 거냐구요.

아무리 생각해도 분하고 화가 나서 참을 수가 없습니다.

손님이 들어오고 있네요.

치즈 케이크를 손으로 가리키더니 초는 스물다섯 개를 달랍니다.

"저기... 혹시 메시지 쓸 수 있나요? I LOVE YOU!"

도대체 난 언제쯤 "아이 러브 유"를 남발할 수 있게 될까요.

지금 내가 찬밥 더운밥 가릴 때 아니라는 것쯤은 잘 알아요.

그런데 문제는 찬밥도 더운밥도 아니니까 그렇죠.

찬밥이면 더운 여름날 시원하게 쌈이나 싸 먹죠.

더운밥이면 더할 나위 없는 거구요.

그런데 그 남자는 내가 세상에서 제일로 싫어하는 진~밥이에요.

씹어도~ 씹어도~ 목구멍으로 넘어가지 않는 퍼질 대로 퍼진 진밥.

아무리 고운 시선으로 봐주려고 해도

자꾸만 마음에 걸리고 걸리는,
세상에서 내가 제일로 싫어하는 스타일!
잘난 척 100단! 있는 척 101단!

전화가 왔습니다.
"이 누나 오늘 저기압이시니까 용건만 간단히 해라."
"또 쓸데없는 소개팅 했구나! 그러니까 가까운 데서 찾으라니까~"
"누나가 바빠서 전화 끊는다!"
정민이 녀석 오늘도 쓸데없이 전화해서는 염장을 지르네요.
오늘은 손님이고 뭐고 다 귀찮습니다.
치즈 케이크에 초코 시럽으로 "I LOVE YOU"를 쓰고 있는데
올 때마다 베이글만 사가는 단골손님이 들어오고 있네요.
조금 전에 전화한 정민이가 문자를 보냈습니다.
[누나~ 선심 쓸 때 못 이기는 척 넘어와주지?
나중에 땅을 치며 후회하지 말고 빵만 굽지 말고 사랑도 좀 구워요!]
솔로로 오래 있다 보니
이렇게 말도 안 되는 녀석들까지도 한 번씩 찔러본다니까요.
이게 제일로 짜증나요.

사랑이... 사랑에게 말합니다.

사랑을 너무 먼 곳에서만 찾으려 하지 말라고,
예상치 못한 아주 가까운 곳에 그 사랑이 있을지도 모른다고...

인기 얻고 싶은 남자

도대체 여자들은 어떤 남자를 좋아하는 걸까요?
저런 녀석이라면 내 여동생을 맡길 수 있겠다 싶을 정도로
성실하고 착한 상후는
평생 여자친구 사귀기가 하늘의 별 따기보다 어렵고,
만약 내 여동생이 그런 녀석을 사귄다고 하면
몇 날 며칠 도시락 싸들고 말리러 다니고 싶은 형우는
하루가 멀다 하고 여자친구가 바뀌고...
남자가 보는 남자와 여자가 보는 남자 사이엔
왜 이렇게 넓은 강이 흐르는 걸까요?

고등학교 시절부터 그랬어요.
늘 형우만 인기가 있었죠.
셋이서 같이 여자 애들을 만나면
돈은 내가 다 쓰고
가방 들어주고 물 떠나주는 건 상후가 다 하고
형우는 늘 짓궂게 장난이나 치고 그랬는데,
나중에 보면 세 여자가 동시에 찍는 사람은 형우였습니다.
형우가 귀엽고 재밌다나요.
사실 상후와 둘이서 형우에 대해 연구한 적도 있어요.
약간 건방지게 앉아 있는 폼도 따라해보고,
은근슬쩍 잘난 척하는 귀여운 말투도 흉내 내보고...
겉으로 티는 안 냈지만, 우리 둘 다 내심 형우가 부러웠거든요.

대학 졸업할 때까지 연애 한 번 못 하는 내가 얼마나 딱해 보였으면
며칠 전엔 여동생이 소개팅을 다 시켜줬습니다.
"오빠, 베이커리에서 일하는 내 친군데 한 번 만나봐.
친구가 부담스러워할 수도 있으니까 일단 친오빠라고는 말 안 할게.
장소는 '피아노'라는 카페인데
간판이 피아노 모양이라서 찾기 쉬울 거야."
그러면서 너무 소심하게 굴지 말고
잘난 척도 살짝 하라고 귀띔해주더군요.
그런데 아무래도 그게 역효과가 난 것 같습니다.
내 얘기를 듣는 내내 그녀 표정이 딱딱한 바게트 같았거든요.
사실 나도 모르게 어설프게 형우 흉내를 낸 것도 같아요.
여동생한테 문자가 왔습니다.
[오빠, 어떡하지? 내 친구가 지금은 누굴 사귈 마음의 여유가 없다네.
그런데 요즘 형우 오빠는 바빠? 자주 안 만나는 것 같아서...]
왜 요즘 미선이가 형우 안부를 부쩍 자주 묻는 걸까요?
혹시? 안 되죠, 절대 내 여동생은 안 됩니다.
그런데 남자로서 형우가 부러운 건 부인할 수 없는 사실입니다.

사랑이... 사랑에게 말합니다.

연애에도 기술이 필요한 거라고,
끌고 당기고, 밀고 제치고, 먼저 가고 나중에 가는 기술이 필요하다고...

사랑이 사랑에게

간판 거는 남자

'집념의 싸나이~ 의지의 싸나이~'
친구들이 날 두고 하는 얘깁니다.
내가 생각해도 그녀를 향한 내 집념과 의지는 대단한 것 같아요.
처음 그녀는 나를 발톱의 때만큼도 여기지 않았습니다.
시골에서 논매다 온 아저씨 같은 내가
눈 높기로 소문난 그녀 눈에 가당키나 했겠습니까?
그녀 친구들 얘기를 들어보니
내가 죽어라 하고 쫓아다니던 그때,
너무 괴로워서 사무실을 다 그만두려고 했었답니다.
내가 얼마나 싫었으면 그랬겠습니까?
그럼에도 끈질기게 1년을 넘게 쫓아다녔죠.

그녀와 난 간판 전문 업체에 다니고 있습니다.
그녀는 간판 디자이너고,
난 간판이 제작되면 그걸 시공하러 다니죠.
그녀는 아이디어가 끝내줍니다.
그녀가 디자인한 간판을 달면 다 잘 된다니까요.
얼마 전에 디자인한 카페 간판은 피아노 건반 모양이었어요.
그 카페도 완전 대박이 났다고 하더라구요.
그리고 요즘 작업 중인 미용실 간판은 펌 머리를 연상시킵니다.
그녀의 디자인은 자극적이지 않으면서도 악센트가 있어요.
디자인도 그녀를 닮은 거죠.

오늘 그녀와 사귄 지 드디어 100일이 되는 날입니다.

꿋꿋한 밀어붙이기 정신이 결실을 맺는 날이라고 할 수 있죠.

사실 요즘 누가 그렇게 죽기 살기로 쫓아다닙니까?

한두 번 대시해보다가 NO! 하면

바로 다른 쪽으로 방향을 틀죠.

그녀 얘기가 요즘 보기 드문 내 뚝심에 넘어갔다고 하더군요.

뚝배기 같이 생긴 남자가 일편단심 뚝심으로 밀어붙이는데

그 모습에 조금씩 마음이 가더래요.

그녀 마음이 변하기 전에 오늘 확 프러포즈를 해버리려고요.

그래서 100일 기념 현수막도 준비했습니다.

얼마 전에 놀이동산에서 둘이 찍은 사진을 넣고,

마음을 담은 프러포즈 문구도 넣었죠.

[은정아, 나랑 결혼해줄래?

평생 뚝배기처럼 보글보글 사랑해줄게. 사랑해~ 알라뷰~]

지금 현수막을 어디에 달면 좋을지 고민 중입니다.

그녀 동네 마을버스 정거장? 그녀 집 앞 전봇대?

그녀와 결혼하면 우리 집엔 예쁜 간판이 걸릴 겁니다.

'철수랑 은정이네 집'

 사랑이... 사랑에게 말합니다.

당신의 사랑엔 어떤 단어의 간판이 걸려 있느냐고,

행복... 기쁨... 슬픔... 기다림...

사랑이 사랑에게

소원 이룬 여자

여기까지였나 봐요.
그 사람과의 질긴 인연...
곧 편안해질 거예요.
지금은 깜깜한 터널 속에 갇혀 있는 것 같지만
시간이 하루, 이틀, 사흘, 나흘... 그렇게 지나가면
어느 날 문득 거짓말처럼 생각나지 않을 거예요.
마치 내 일이 아닌 듯 남의 일처럼 무덤덤해질 거예요.

강산도 변한다는 10년,
그 10년 동안 사람 마음이 변하지 않으면 그게 더 이상한 거죠.
그 사람과 헤어진 게 안타까운 건지,
지난 나의 10년이 안타까운 건지... 그게 헷갈릴 뿐이에요.
첫 번쨴 내가 먼저 떠났으니까,
두 번쨴 그 사람이 먼저 떠나주길 바랐어요.
내 소원이 이루어진 것뿐이에요.
사람들은 다시 만난 게 잘못이었다고 말해요.
하지만 난 그렇게 생각하지 않아요.
다시 만나지 않았다면 늘 그리웠을 테니까...
다른 남자 때문에 상처받을 때마다
그 사람에게 못되게 굴어 죄받는 거라고 자책했을 테니까...

그날 어쩐지 아침부터 이상한 일이 자꾸 벌어진다 했어요.

잘못 건 전화가 두 통이나 오고,
아끼는 초록색 크리스털 컵을 두 개나 깨뜨리고 그러더니
예상하고 있던 두 번째 이별이 날 찾아왔어요.
건반 모양의 특이한 간판이 걸려 있던 '피아노'라는 카페에서
마치 슬픈 피아노곡을 연주하듯 그가 말하더군요.
미안하다고, 다른 여자를 사랑하게 됐다고,
하지만 아직 나도 사랑한다고...
이런 알아들을 수 없는 말을 그 사람에게 듣게 된 거,
내가 그 사람에게 한 짓에 대한 벌이라고 생각해요.
그때 그 사람... 중요한 시험을 앞두고 있었는데
나 때문에 포기하고 군대에 갔거든요.
그 시험만 통과하면 방위산업체에서 군복무 대신 일할 수 있었는데,
나 때문에 늦은 나이에 군대에 가 인생을 다시 설계해야 했어요.
제대하고 다시 만나게 됐는데 변한 것 같더라구요.
나와 함께 있으면서도 외로워했고, 날 믿지 못했어요.
그런데도 왜 그랬는지 우린 둘 다 그 끈을 놓지 못하고
아슬아슬하게 붙들고 있었어요.
그런데 그가 먼저 놓아버렸네요.
이젠 내 손만 쫙 펴면 돼요, 나만 놓아버리면 돼요.
그런데 억지로 하지 않을래요... 언젠가 저절로 펴질 날이 오겠죠.

사랑이... 사랑에게 말합니다.

깜깜해도 조금만 참으라고,
터널에서 나오고 나면 작은 빛에도 감사할 줄 알게 될 거라고...

비밀번호가 딱 하나인 남자

난 딱 한 가지 비밀번호만 사용해요.

건망증 심한 내가 잊어버리기라도 하면 큰일이니까...

그럼 내겐 살아갈 이유가 사라져버릴 수도 있으니까...

그녀와 헤어진 후에 모든 비밀번호를 바꿨습니다.

"2년 후 이 시간에 여기에서 만나자.

그때 우리 둘 다 솔로고, 지금 마음 그대로라면...

그땐 운명이라고 생각할게."

몇 년 후 어디에서 만나자,

이런 약속은 영화에서만 하는 줄 알았는데 아니더군요.

그녀는 인문대에서 예쁘기로 소문난 퀸카였어요.

어느 날 무슨 운이었는지

그녀가 학교 수위 아저씨랑 다정히 얘기 나누는 모습을 보게 됐고,

그 경상도 사투리가 심하신 수위 아저씨가

그녀의 아버지라는 사실도 알게 됐습니다.

그래서 다음 날부터 바로 드링크 공략에 들어갔죠.

아저씨는 건실한 청년이라면서 점수를 두둑하게 주셨고,

결국 난 그녀의 남자친구가 되는 데도 성공했습니다.

그런데 그녀의 졸업과 동시에 우리 사이도 끝이 났어요.

나보다 먼저 사회에 나간 그녀는

좀 더 넓은 세상에서 좀 더 많은 사람들을 만나보길 원했고,

그래서 보내주었습니다.

사랑이 ♥ 사랑에게

친구들은 이기적인 그녀를 잊으라면서 위로해주었지만,
난 그녀를 잊기보다는
더 멋진 남자가 되는 데 노력을 쏟기로 했습니다.
그녀를 다시 만나게 되는 날,
당당하고 근사한 모습을 보여주려구요.
요즘도 매일 도서관에서 밤새워 공부하고 있어요.
준비하고 있는 시험이 얼마 남지 않았거든요.
지금도 도서관인데 난 늘 이 자리에 앉아요.
그녀와 함께 앉던, 공중전화 부스가 내려다보이는 이 창가 자리에요.
참, 비밀번호 얘기를 했죠.
내 비밀번호는 0225예요.
그녀와 다시 만나기로 한 날이 2월 25일이거든요.
그리고 이건 비밀인데요,
가끔 날짜를 잊어버리지 않으려고
뒤 번호가 0225인 번호로 전화를 걸어봐요. 저 공중전화로...
그러곤 "세림이니?" 하고 물으면
당연히 상대방은 "잘못 거셨습니다" 하고 끊죠.
물론 상대방에겐 미안해요.
하지만 그날을 잊지 않으려는 내 나름대로의 기억장치니까
어쩔 수 없습니다.

 사랑이... 사랑에게 말합니다.
사랑하면 혼자만의 비밀을 간직하게 되는 거라고,
누구에게도 말할 수 없는 은밀하고도 유치한 비밀을...

왕자님을 기다리는 여자

어둠이 채 가시지 않은 이른 새벽,
졸린 눈을 겨우 뜨고
곰 두 마리가 그려진 핑크빛 앞치마를 두른 뒤
된장찌개를 보글보글 끓이고,
일곱 시를 알리는 알람이 울리면
큰 대 자로 드르롱 드르롱 코 골며 자고 있는
사랑스런 나의 신랑을 깨워 욕실로 직행시키고
그사이 맛깔스러운 식탁을 차리고...
출근하는 신랑에게 굿모닝 키스를 해주고
베란다의 화초들에게 시원한 물을 뿌려주고
홈쇼핑 채널을 보며 살까 말까를 백 번쯤 고민하다가
꿈에서 깼습니다.

오늘 도서관 오기 전에 본 것들이 다 등장했네요.
상가를 지나면서 본 앞치마,
스킨 바르며 잠깐 본 홈쇼핑 채널의 침대 커버...
으~ 찌릿찌릿 다리에 전기가 흐르는 것 같아요.
아니, 잠깐 존 것 같은데 벌써 해가 저버렸네요.
나처럼 책상에 엎드려 이렇게 잘 자는 사람도 드물 거예요.
오늘 새로 구입한 교재인데, 이 귀한 책에 침까지 흘리다니...
요즘 공무원 시험 준비하고 있거든요.
그나마 구석 자리라서 정말 다행이에요.

사랑이 사랑에게

도서관 한복판에 앉아서 이러고 있으면
얼마나 한심해 보이겠어요?

창밖으로 보이는 공중전화 부스에
누군가 서서 전화를 걸고 있네요.
요즘엔 공중전화 사용하는 사람 보기 드문데...
그런데 매일 내 앞자리에 앉는 남자 같은데요.
휴대폰을 깜빡하고 집에 두고 왔나 봐요.
아니면 배터리가 나갔거나.
내가 잠만 안 잤어도 빌려줬을 텐데...
저 남자도 괜찮더라구요.
아무튼 평생 소질 없고 취미 없던 공부를 이렇게 열심히 하려니까
온몸이 근질근질해서 죽겠습니다.
인생의 즐거움이란 하나도 없고, 오직 따분함뿐이에요.
어딘가에서 백마 탄 왕자님이 나타나
꿈속에서처럼 나를 살게 해줄 수는 없을까요?
아니, 백마가 아니라 돼지 탄 왕자님이라도 나타나
이 답답한 도서관에 있는 나를 구출해주면 좋겠습니다.

 사랑이... 사랑에게 말합니다.

결코 사랑이 공무원 시험보다 쉽진 않을 거라고,
사랑엔 늘 어려운 주관식 문제만 출제된다고...

사랑이 ♥ 사랑에게

홈쇼핑 모델이 된 남자

많이 실망한 모양이에요.
'나'라는 남자에 대해서.
하지만 나도 진짜 많이 화났어요.
힘들 때마다 찾아와 쉴 수 있는
뿌리 깊고 이파리 무성한 나무가 되어주고 싶었는데,
나무는커녕 그녀에게 자꾸 짐만 되어가는 것 같아서
미안하고, 그리고 창피해서 죽을 것 같았거든요.
그래서 화를 냈는데
그런 내 모습이 한심해 보인 모양입니다.

며칠 전, 그녀가 내 눈치를 살피며 조심스럽게 말을 꺼냈어요.
"오빠, 나랑 같이 일하는 피디가 내일 면접 와보래.
안 그래도 모델 구하는 중이었다고..."
쇼핑 호스트 중에서 제일 실적이 좋은 그녀의 부탁을
피디라는 사람이 거절할 수 없었겠죠.
그녀는 잘 나가는 쇼핑 호스트고,
난 별 볼 일 없는 무명 모델이거든요.

자격지심일 수도 있겠지만 그녀의 얘기를 듣는 순간
나도 모르게 그만 언성이 높아졌어요.
미안하다, 고맙다는 말 대신에 화를 내버린 거죠.
"내가 언제 너한테 그런 부탁 했어?

왜 시키지도 않은 짓은 하고 그래? 내 입장은 생각도 안 해?"
그렇게 다투고 헤어졌는데, 그날 새벽 문자가 왔습니다.
[마음대로 해. 진짜 자존심이 뭔지 모르는 것 같으니까...]
그녀가 말하는 진짜 자존심이 뭘까 밤새도록 생각하다가
다음 날 면접을 보러 갔습니다.
일단은 그녀의 실망이 절망이 돼버리기 전에
어떻게 해서든 막아야 된다는 생각이 들었거든요.

다행히 담당 피디와 얘기가 잘 돼서
오늘 첫 방송을 했습니다.
상품은 레이스 장식의 침대 커버였고,
그 침대 커버가 씌워진 침대에 앉아서
여자 모델과 다정히 얘길 나누면 되는 역할이었어요.
물론 쇼핑 호스트는 그녀였죠.
오늘도 역시 그녀는 매진 사례를 기록했습니다.
그런데 방송 내내 나와는 눈 한 번 마주쳐주지 않더라구요.
내일은 골프웨어 모델을 하기로 했는데
마음이 영 불편합니다.
이대로 그녀가 떠나버리게 될까 봐... 사실 두려워요.
헤어짐은 늘 허무하게 찾아오잖아요.

사랑이... 사랑에게 말합니다.
자존심은 서로가 서로를 지켜줄 때 진짜 자존심이 되는 거라고,
그녀의 자존심도 지금 산산조각이 나버렸을 거라고...

사랑이 ♥ 사랑에게

부탁받은 남자

인터넷에서 지역별 맛 집 정보 찾아서 스크랩하기,
그녀가 좋아하는 스타일의 옷 집 기억해두기,
허브 차 종류대로 모으기,
그녀를 위해 꽤 오랫동안 준비해온 일들이에요.
그녀를 좋아하기 시작하면서부터 생긴 버릇이라고도 할 수 있죠.
운전하고 가다가도 그녀가 좋아할 만한 옷 집이 눈에 띄면
바로 내려서 전화번호를 적어두었고,
그녀가 허브 차를 좋아한다는 걸 알고부터는
허브 농장까지 찾아다니면서
향 좋은 허브 차를 수집해야 직성이 풀렸으니까요.
하지만 이젠 다 그만둬야겠죠?
나 혼자 벌인 일이니까 나 혼자 조용히 수습해야겠죠?
혼자 상상의 나래를 펼치고,
그 상상을 현실로 착각한 거니까...

그녀는 남자친구 없다고 말한 적 한 번도 없어요.
물론 있다고 말한 적도 없지만...
그녀에게 남자친구가 있다는 소문을 듣긴 했지만
그냥 소문일 뿐일 거라고만 생각했어요.
아니 어쩌면 그렇게 믿고 싶었겠죠.

며칠 전 그녀가 할 얘기가 있다고 찾아왔을 때,

얼마나 긴장했는지 몰라요.

드디어 올 것이 왔구나! 하고 말이에요.

하마터면 먼저 고백할 뻔했다니까요.

나도 당신을 좋아하고 있다고요.

그런데 다행히 그녀가 먼저 말문을 열어주었죠.

아는 남자 모델이 있는데 오디션을 한 번 봐달라는 부탁이었어요.

그녀는 쇼핑 호스트고, 난 홈쇼핑 채널 피디거든요.

그래서 내가 친한 사이냐고 물었더니

빙그레 웃기만 하더라구요.

자존심 강하기로 유명한 그녀가

자존심을 버리고 내게 부탁할 이유가 뭐가 있겠어요?

사랑... 뿐이겠죠.

다음 날인가 오디션을 보고

오늘 첫 방송을 했는데... 반응은 좋았어요.

침대 커버가 다 매진됐으니까요.

그런데 그녀를 위해서라면 뭐든 해주고 싶던 내 마음이

왜 이렇게 자꾸만 옹졸해지려는지 모르겠습니다.

 사랑이... 사랑에게 말합니다.

행복한 연습이었다고 생각하라고,

다른 여자를 만나면 좋은 남자가 될 수 있는 사전 연습이었다고...

박하향이 나는 여자

후루룩 후루룩~
우동 국물을 마시고 있는 저 남자,
밥 먹을 때 하도 소리를 내면서 먹어서
어릴 때 아버지께 자주 꾸중을 들었다고 하는데,
난 저 남자... 저렇게 소리를 내며
이마에 땀까지 송골송골 맺혀가면서 먹는 모습이 참 좋아요.
난 늘 깨작깨작 먹는다고 엄마한테 잔소리 듣거든요.

우린 지금 고속도로 휴게소에 들어와 있어요.
휴게소 안에 사람들이 바글바글하네요.
옆 자리에 앉아 있는 남자랑 여자는 연인처럼 보이는데,
서로 말도 한 마디 안 하고 자장면만 열심히 먹고 있어요.
어쩌면 우리처럼 이별 여행을 가는 사람들일지도 모르죠.

이 남자와 처음 여행을 간 곳이
강원도에 있는 한 허브 농장이었어요.
그때 이 남자... 내게 페퍼민트 차를 선물했죠.
내게 박하향이 난다면서요.
그때 우리랑 같은 버스를 타고 허브 농장에 간 어떤 남자도
미래의 여자친구에게 선물할 거라면서
페퍼민트 차를 사 갔는데...
무슨 피디라고 한 것 같아요.

그 남자는 지금쯤 페퍼민트 차를 그녀에게 선물했을까요?
사랑 앞에 과연 미래라는 게 존재할 수 있을까요?

그날 허브 농장을 뒤로하고 돌아오는 버스 안에서
왜 그랬는지 문득... 내가 이런 말을 해버렸어요.
"이건 만약인데 말이야... 혹시라도 우리가 헤어지게 되면...
그때 마지막으로 이 농장에 같이 오자."
말을 해놓고 보니,
마치 내가 이별을 기다리는 것처럼 돼버린 것 같아서,
서둘러 변명을 늘어놓은 기억이 나요.
"이곳에 다시 오면 지금 이 순간이 생각날 거 아냐?
그럼 다시 사랑하게 되지 않을까 해서... 그래서..."

드디어 허브 농장에 도착했습니다.
진한 페퍼민트 향이 차 안으로 날아 들어오네요.
아직 실감이 나질 않아요.
우리가 헤어지고 있다는 사실이...
지금도 이렇게 애틋한 마음이 가득한데...
내가... 이 남자와... 헤어질 수 있을까요?
우리 엄마의 반대를 이겨내고
안개 속 같은 저 남자와의 미래를 후회 없이 걸어갈 수 있을까요?

사랑이... 사랑에게 말합니다.

미래는 누구나 불확실한 거라고,
어떤 선택이 더 큰 후회로 남게 될지는 아무도 모르는 거라고...

사랑이 ♥ 사랑에게

면허 따는 남자

올 하반기엔 기필코 연애를 해보겠다는 의지로
여자친구 만드는 방법을 진지하게 연구했습니다.
주위의 친한 여자들을 총동원해서 설문조사까지 했어요.
그 결과 몇 가지 방법을 사용해보기로 했습니다.

일단 이건 경숙이 누나가 가르쳐준 방법인데,
예쁜 강아지를 한 마리 사서 근처 공원을 산책하는 겁니다.
그래서 바로 충무로 애견 센터에 가서 강아지를 한 마리 샀죠.
음... 강아지는 일단 효과가 있는 것 같아요.
오늘 아침, 집 근처에 있는 산책로에 모모를 데리고 나갔는데
지나가던 여자 두세 명이 관심을 보이더라구요.
"와~ 귀엽다! 이름이 뭐예요?"
하얀색 트레이닝복을 입은 여자가 갑자기 이름을 묻는 바람에
당황해서 그만 내 이름을 말해버리긴 했습니다.
"전성관입니다. 아니... 얘는 모모예요. 모모."
그랬더니, 그녀... 웃으면서 모모를 한 번 쓰다듬고 가더군요.

그리고 두 번째 방법으로 면허를 따고 있습니다.
과 친구 선정이가 조언하기를
요즘 여자들은 남자가 차가 없으면 불편해한대요.
그래서 운전면허 학원에 다니고 있는데, 강사가 여자예요.
어제는 도로 연수를 받다가

길을 잘못 드는 바람에 고속도로로 진입해버렸습니다.
강사와 수다를 떨다가 그렇게 돼버렸어요.
왜, 그럴 때 있잖아요,
잘 모르는 사람이라서 오히려 편안하고 솔직하게 말하게 될 때...
그런 것 같아요. 어제...
여자친구를 만들기 위해서 운전면허를 따는 거라고 하니까
그 여자 강사... 정말 크게 웃더라구요.

얘기하다 보니 좀 친해져서
내친김에 드라이브까지 해버렸죠 뭐.
휴게소에 들어가서 자장면까지 먹었어요.
그런데 얼굴 마주 보고 뭘 먹으려니까, 살짝 어색하긴 하더라구요.
그 여자 강사가 하는 말이,
내가 코스 중에서 마지막 단계인 주차를 제일 잘하니까
언젠가는 멋진 여자의 마음에도
그렇게 안전 주차를 할 수 있을 거래요.
이렇게까지 노력을 하는데 올 하반기엔 연애를 할 수 있겠죠.
만약 이렇게 노력하는데도 여자친구가 안 생긴다면
머리 깎고 산으로 들어가버릴 작정입니다.

 사랑이... 사랑에게 말합니다.
어쩌면 이미 연애가 시작되었는지도 모른다고,
사소한 인연을 굵은 인연으로 엮어갈 줄 아는 사람이
사랑도 하게 되는 거라고...

사랑이 ♥ 사랑에게

우체국에 가는 여자

사람들이 그래요,
생긴 건 스파게티, 피자인데 하는 짓은 청국장, 된장찌개라구요.
한마디로 촌스럽다는 거겠죠.
이 편한 시대에 왜 굳이 그렇게 불편하게 살아가느냐고 묻는다면,
특별한 이유를 주르르 읊어댈 자신은 없어요.
하지만 조금 불편해도 정성이 들어가는 게 좋아요.

식당에서 사 먹는 밥보다는 손수건에 싼 도시락이 좋고,
이메일보다는 꽃무늬 편지지에 꾹꾹 눌러쓴 편지가
더 좋은 걸 어떡하겠어요?
빼곡하게 채워진 글씨들을 보면 마음이 느껴지잖아요.
그래서 오늘도 우체국에 다녀왔어요.
일주일에 두 번은 이렇게 남자친구한테 편지를 보내요.
주위 친구들은 이런 날 두고 사서 고생이라고들 하지만
난 그렇게 생각하지 않아요.
로맨스는 낭만이 있어줘야 제대로인 거잖아요.
우체국에 하도 자주 가니까, 이젠 직원들이 먼저 인사를 해요.
"오늘은 초록색 편지봉투네요."
"오늘은 편지가 유난히 도톰한데요? 할 말이 많았나 봐요."
때론 등기로, 때론 일반 우편으로... 그에게 편지를 부치죠.
전보를 칠 때도 있어요.
[급합니다. 내 마음의 불을 꺼 주세요!] 하는 닭살 멘트를 써서...

그러면 그는 [후~~~] 하고 문자를 보내요.

난 이런 연애가 좋아요. 복고풍 연애...

어제는 뜬금없이 후배 녀석이 전화를 해서는

여자친구 만드는 방법을 말해달라고 그러더라구요.

그래서 강아지를 한 마리 사서 같이 산책하라고 했더니

"참 누나답다" 그러곤 전화를 끊더군요.

나답다... 김경숙답다...

그 말 뒤에 숨어 있는 뜻은 참 비현실적이다... 뭐 그런 얘기겠죠.

그와 처음 데이트를 하던 날이 생각나네요.

그가 집에 바래다주는 길에 내 주소를 물었어요.

그래서 "서울 양천구 목동 몇 번지..." 하고 집 주소를 불러줬더니,

날 무슨 외계인 보듯 이리 보고 저리 보고 하더라구요.

그래서 내가 이메일 주소 같은 거 없다고 하니까

"참 특이하시군요" 하면서 집 주소를 휴대폰에 저장해 갔습니다.

고지식하다고 해도 좋고, 시대에 뒤떨어졌다고 해도 좋아요.

난 그냥 내 방식대로 살아가고, 사랑할 거니까요.

 사랑이... 사랑에게 말합니다.

사랑할 땐 다른 사람의 생각은 중요하지 않다고,

밀실에 갇혀 있는 둘만의 생각이 중요할 뿐이라고...

숟가락으로 수박 먹는 여자

오늘도 또 오셨네요.

일주일에 꼭 두세 번씩 남자친구한테 편지를 부치러 오는 분인데,

물어봤더니 남자친구가 군대에 있는 것도 아니래요.

요즘 같은 시대에 참 별난 분이죠.

"오늘은 초록색 봉투네요?"

"네... 참, 더운데 이것 좀 나눠 들고 하세요!"

내 속마음을 들여다보기라도 한 걸까요?

아이스 바가 잔뜩 들어 있는 제과점 봉툽니다.

더위에 좀 물컹해지긴 했어도 정말 맛있네요.

날이 더우니까 팥빙수도 생각나고

엄마가 타주는 냉커피도 생각나고

얼음 둥둥 띄운 수박화채도 생각나고...

그런데 난 아직 그 사람 영향권에서 벗어나지 못했나 봐요.

내가 좋아하는 게... 다 그 사람이 좋아하는 거네요.

그 사람, 여름만 되면 팥빙수를 입에 달고 살았어요.

그리고 카페 같은 데서 파는 아이스커피는 깊은 맛이 없다며

집에서 탄 냉커피를 얼려서 여름 내내 갖고 다녔는데...

그리고 수박도 정말 좋아했어요.

하루는 데이트하는데 수박이 너무 먹고 싶다는 거예요.

그것도 시원한 수박이요.

"야, 세상에서 제일 고통스러운 일이 뭔지 알아?
바로 미지근한 수박 먹는 거야. 아우, 생각만 해도 끔찍하다!"
결국 그 땡볕을 걸어서 냉장 수박을 찾아내긴 했는데
먹을 방법이 없더라구요.
그래서 근처에 있는 공원에 가서
일단 수박을 나무에 몇 번 부딪혀서 깨뜨렸죠.
그러곤 일회용 스푼 두 개를 얻어다가 열심히 퍼 먹었어요.
그 큰 걸 우리 둘이 다 먹어치운 걸 생각하니 웃음이 나네요.
그래도 지금까지 먹어본 수박 중에서
그 수박이 제일 달고 맛있는 수박이었어요.
지금도 수박 먹을 때 통째로 놓고 숟가락으로 퍼 먹어요.
엄마는 참 이상한 애라면서 여자답게 잘라 먹으라고 하지만
어쩐지 그러면 안 될 것 같아요.
그러면 영영 다시는 그 사람... 못 만날 것 같거든요.
그 사람도 어디선가
나처럼 숟가락으로 수박을 먹고 있을지 모른다고 생각하면,
우습게도 그게 나한텐 위안이 돼요.

사랑이... 사랑에게 말합니다.

떠난 사랑이 남겨놓고 간 습관만큼 고치기 힘든 게 없다고,
사랑이 완전히 떠나가는 날, 낡은 습관도 떠나갈 거라고...

국기 다는 남자

어렸을 땐 그래도 국경일마다 꼬박꼬박
태극기를 챙겨 단 것 같은데,
어른이 되고부터 더 못 챙기고 소홀해진 것 같아요.
그래서 오늘 정말 큰 맘 먹고 아침 일찍 일어나
서랍이란 서랍을 다 뒤져 태극기를 찾았습니다.
그랬더니 엄마 아빠 여동생까지 놀리고 난리가 났네요.
소파에 앉아 텔레비전 보고 계시는 아빠,
"내일 해가 서쪽에서 뜨는 거 아니냐?"
주방에서 토스트를 굽고 있는 엄마,
"우리 아들이 웬일일까? 신문에 날 일이네."
침대에 누워 천정만 뚫어져라 쳐다보던 여동생,
"오빠, 태극기 들고 독립운동이라도 하게?"

베란다에 나와 국기를 게양하고 있는데
국기 단 집이 별로 안 보이네요.
제과점 주인아저씨가 이런 모습을 보시면
정말 참 답답하고 속상하실 것 같아요.
요즘 동네에 있는 빵굼터에서 아르바이트를 하는데
주인아저씨 형님이 상이용사라고 하더라구요.
그래서 국경일마다 온 가족이 국립묘지에 간대요.
오늘도 간다고 하기에 "저도 데려가주시면 안 돼요?" 하고
부탁했더니 기꺼이 허락해주셨어요.

사랑이 사랑에게

저기, 단골손님이 나와 국기를 달고 있네요.
그런데 저 여자 분 더위를 무진장 타나 봐요.
엊그제도 아이스 바를 잔뜩 사가더라구요.

그런데 뭘 입고 가는 게 좋을까요?
아무래도 캐주얼보다는 양복이 낫겠죠.
아버지 양복을 꺼내 입었더니 허리 사이즈가 너무 크네요.
많이 헐렁하긴 하지만 그래도 입고 가는 게 좋겠죠?
그런데 지수가 또 놀리면 어쩌죠?
빠숑~ 감각 떨어진다구요.
지수는 주인아저씨 딸인데, 지금 대학교 2학년이에요.
지수 때문에 국기를 게양하고 국립묘지에 가는 건 절대~ 아니에요.
단지 같은 대학생으로서,
그리고 같은 동네 주민으로서,
나라의 앞날에 대해 건설적인 대화를 나누고 싶을 뿐입니다.

사랑이... 사랑에게 말합니다.
이 나라를 목숨 바쳐 사랑한 그분들 앞에 국화 한 송이라도 바친 사람만이
사랑에 대해 논할 자격이 있다고...

사랑은 사소한 **인연**을 굵은 인연으로
한을 한을 엮어가는 것입니다.

sweet
love

사랑이
사랑에게

sweet sweet sweet love...

chapter 3

당신을 향한 그리움이
녹아내려 마음속에
한 방울씩 고여갑니다

지수를 만난 남자

지난 주말에 게임방에 있는데
고등학교 동창인 민호한테 전화가 왔습니다.
"야, 나와! 술이나 한잔 하자."
"바쁘니까 나중에 통화하자!"
그런데 어떻게 알았는지 대번 "너 게임하지?" 이러더라구요.
순간, 이 좋은 주말에 나한테 있을 수 있는 바쁜 일이
오락밖에 없다고 생각하니 급 우울했습니다.
그래서 하던 게임을 멈추고 민호를 만나러 갔어요.
아마 상대방은 '뭐 이런 경우가 있나' 하고 황당했을 겁니다.
하지만 나보다는 덜 황당했을 거예요.
진짜 술이나 한잔 하자고 부르는 줄 알고 나갔더니,
깜짝 소개팅이더라구요.
보풀 난 회색 트레이닝복에 슬리퍼를 찍찍 끌고 나갔는데...

지수와 헤어진 뒤, 이런 소개팅이 자주 있었어요.
그녀와 헤어진 지 1년이 넘었는데도
아직 마음을 잡지 못하는 나를 위해서
친구들이 준비하는 갸륵한 우정팅이라고 할 수 있죠.
그런데 당하는 입장에선 매번 당황스럽기 짝이 없습니다.
그래서 지난 번 모임 때,
다시는 그런 짓들 하지 말라고 친구들한테 신신당부를 했는데...
그런데 이번엔 내 부탁을 무시하고 일을 꾸민 민호가 고맙더라구요.

통성명을 하는 순간, 온몸에 전율이 느껴졌습니다.
"말씀 많이 들었어요. 박지수라고 합니다."
박.지.수.
그녀와 똑같은 이름을 가지고 있다니... 신기하기만 했어요.

잘 모르겠어요.
소개팅에 나온 그녀가 '박지수'라는 이름을 가져서인지,
아니면 박지수가 아니었어도 이렇게 내 맘이 흔들렸을지는...
하지만 중요한 건 그녀를 다시 만나고 싶고,
요 며칠 빵집만 눈에 들어온다는 겁니다.
그녀가 아빠가 빵집을 한다면서 놀러오라고 했거든요.
그런데 친구들은 위험한 시작이라며 말리고 있습니다.
이름이 같다고 사귀는 건
아직도 그녀를 못 잊었다는 증거고,
그건 소개팅을 한 그녀에게도 잔인한 일이 될 거라구요.
물론 친구들 걱정처럼
어쩌면 그녀에게 미안한 일이 될지도 모릅니다.
하지만 인연일 수도 있지 않을까요?

사랑이... 사랑에게 말합니다.
그 이름을 소리 내 다시 불러보고 싶은 마음 때문일 거라고,
변명을 사랑이라고 착각하지 말라고...

사랑이 사랑에게

권법 연구하는 여자

요즘 말할 때 고수, 권법, 강호...
이런 단어들이 나도 모르게 불쑥불쑥 튀어나와요.
아마 이 게임 때문일 거예요.
무림의 강호들과 대전을 펼치는 온라인 게임인데, 재밌어요.
어, 상대방이 공격을 하다 말고 로그아웃해서 나가버리네요.
좀 전에 그 권법이 팔주권인가? 아님 태극권? 무에타이?.
엄마 얘기가 어려서부터 만화영화보다 무술영화를 좋아했대요.
지금도 연애소설은 안 읽어도 무협지는 자주 빌려다 봐요.
동네 책 대여점에서 신간이 나오면 전화를 해줄 정도니까요.

전화가 왔습니다.
중랑천 인라인 동호회의 '흑기사'군요.
사람들이 이 남자를 두고 연애의 '고수'라고들 하는데,
내가 보기엔 하수밖에 안 되는 것 같아요.
사용하는 권법이 너무 단순하고 뻔하거든요.

얼마 전에 동호회 사람들하고 술 마시면서 게임을 했는데,
내가 연거푸 몇 번 걸리니까
이 남자가 자청해서 흑기사를 해주겠다고 나서더라구요.
그래놓고는 소원을 들어달라고 떼를 쓰지 뭐예요?
속으로 '그래, 볼에 뽀뽀 정도는 해줄 수 있다' 하고 있는데,
뭐, 썩 괜찮거든요. 이 흑기사...

그런데 글쎄 나보고 밖에 나가 유리문에 얼굴을 완전 밀착시켜
안에 있는 사람들에게 그 모습을 보여주라는 거예요.
그러자 사람들이 박자에 맞춰 박수를 치며 "보여줘!"를 외치고,
분위기상 안 할 수가 없게 됐습니다.
코 눌리고, 볼 눌리고, 눈 찌그러지고... 완전 스타일 구겼죠 뭐.

그런데 그날 이후로 나한테 계속 장난을 치고 전화를 거는 거예요.
심하다 싶을 정도의 장난으로
자신의 존재를 확실하게 각인시키는 초기 연애 권법!
어려서부터 연마해온 '아이스케키 권법'을 구사하는 거죠.
아마 조만간 새로운 권법을 연구해 구체적인 작업에 들어오겠죠.
기왕이면 내가 좋아하는 '귀여움 떨기 권법'이면 좋겠네요.
나도 이 흑기사가 싫진 않거든요.
그래서 지금까지는 '내숭 권법'으로 대처하고 있습니다.
아마 내가 집에서 무협지를 읽고
이런 게임을 할 거라고는 상상도 못 할 거예요.
연애의 강호가 되기 위해선 내게도 특별한 권법이 필요한데...
미니스커트 권법은 어떨까요? 아님 망사 스타킹 권법?

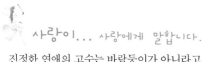

사랑이... 사랑에게 말합니다.

진정한 연애의 고수는 바람둥이가 아니라고,
마음에 품은 그 한 사람의 사랑을 얻어내는 자라고...

사랑이 사랑에게

통장만 가진 남자

텔레비전에 2002년 월드컵 장면이 나오네요.

2002 월드컵... 우린 늘 함께 있었어요.

시청 앞 광장에서,

강남역 맥주 집에서,

대학로 도로 한 가운데서...

월드컵 기간 내내 목이 터져라 대한민국을 외쳤죠.

그런데 지금 우린

그저 서로에게 추억 속의 사람일 뿐입니다.

우리나라가 8강에 진출하던 날,

둘이서 부둥켜안고 감격의 눈물을 흘리던 기억이 나네요.

그날 약속했어요.

"지금부터 우리 둘이 돈 모아서 4년 후에 같이 독일에 가자."

그래서 다음 달부터 둘이 오만 원씩 저축했는데...

2002년 8월 그녀 오만 원, 나 오만 원.

2002년 9월 오만 원, 오만 원.

아마 2004년 5월이 마지막 넣은 달일 거예요.

그날... 2004년 5월 30일...

그녀가 내게 한 말이 아직도 가슴에서 지워지질 않아요.

"우리 너무 오래 사귄 것 같아."

헤어지자는 말 대신, 이제 내가 지겨워졌다는 말 대신

그녀는 시간을 탓했습니다.
대학 1학년 때부터 캠퍼스커플이었으니 그녀 말대로 오래 사귀었죠.
그날로 우리의 사랑은
폐기처분만을 기다리는 통장으로 남았습니다.
그 통장이 아직 내게 남아 있어요.
버릴 수가 없더라구요.
그녀만이 이 통장의 잔금을 찾을 수 있습니다.
내겐 도장도, 카드도, 비밀번호도 없거든요.
그녀 이름으로 만들었고,
혹시라도 내가 데이트 비용으로 찾아 쓰게 될까 봐
비밀번호도 그녀 혼자만 알고 있으라고 했어요.

새로 나온 책도 들여놔야 하고 할 일이 태산인데...
무협지 좋아하는 여자 손님이 벌써 몇 번이나 다녀갔는데...
그런데 오늘은 아무것도 못하겠습니다.
도서 대여점을 하고 있어요. DVD도 대여해주고 그러는 곳이요.
생각난 김에 은행에 가서 통장정리나 한번 해봐야겠어요.
그녀와 나의 잔액이 그대로 남아 있을까요?
아니면 하나도 남아 있지 않을까요?

 사랑이... 사랑에게 말합니다.
찾을 수 없는 통장 잔액을 이제 그만 포기하라고,
혼자만의 통장에 남아 있는 사랑을 이제 그만 거두라고...

사랑이 사랑에게

S라인을 만난 여자

며칠 전, 난생 처음 선이라는 걸 보게 됐습니다.
막내 이모가 집에 올 때마다 엄마를 붙들고
하도 펌프질을 해대는 바람에...
은행 다니는 남잔데, 정말 사람이라구요.
그래서 내가 나도 은행원이라서
남자는 직업이 다른 사람이면 좋겠다고 했더니
이모 왈, 같은 일을 해야 더 잘 이해해준다나요?
그래서 못 이기는 척 등 떠밀려 나가긴 했지만
그래도 내심 운명을 만나게 될지도 모른다는
야무진 꿈도 있었어요.

그런데 카페에 들어서는 순간
한 남자가, 아니 한 아저씨가 눈에 확 들어오면서
혹시? 하는 불길한 예감이 밀려왔습니다.
부디 그만은 아니길 간절히 기도했는데...
그런데 그가 전화기를 귀에 갖다대는 순간,
내 전화기 벨소리가 우렁차게 울려 퍼지더군요.
하지만 같이 있는 동안은 이모 얼굴을 봐서 최선을 다했어요.
그런데도 이모는 사람을 한 번 봐서 어떻게 아느냐고,
몇 번은 더 만나보라고 억지를 쓰고 있습니다.

물론 이모 말대로 결혼하기 딱! 좋은 남자일 수는 있겠죠.

잘생긴 구석이라곤 한 군데도 찾아볼 수 없고,
배와 엉덩이가 확실한 S라인을 그리고 있으니
결혼해서 바람 날 일도 없을 테니까요.

남자 손님이 27번 대기표를 내밀며 통장정리를 해달라네요.
요 앞에서 책 대여점을 하는 남자인데,
사실 난 이런 스타일 개인적으로 좋아해요.
정리한 지 2년이 넘은 통장인데
그사이에 한 번 백십만 원 인출한 기록이 있고...
잔액이 백십만 원 조금 넘게 남아 있네요.
그런데 내가 왜 이 남자의 통장 기록을 이렇게 보고 있는 거죠?
맞선 남에게 문자가 왔습니다.
[오늘 저녁 시간 어떠십니까? 식사라도 같이 할까요?]
딱 잘라 거절하자니 이모 입장이 난처할 것 같고,
다시 그 S라인을 만나 밥 먹을 생각을 하니 속이 답답하고...
이러지도 못하고 저러지도 못하고 대략 난감합니다.
내가 이럴 줄 알았다니까요.
어른들 눈에 괜찮은 남자가 무슨 매력이 있겠어요?

사랑이... 사랑에게 말합니다.
그에게 한 번만 더 기회를 주라고,
나중에 생각해보면 아쉬운 사람이 될 수도 있다고...

사랑이 사랑에게

양팔 벌린 남자

민선 씨는 세련되고 도시적인 느낌이고,

경옥 씨는 단아하고 깨끗한 느낌이고...

누구를 선택해야 할지 진짜 갈등됩니다.

그동안 두 사람 심리전이 대단했어요.

덕분에 나만 회사 생활 윤택하게 했죠 뭐.

요 며칠은 출근하면 책상에

건강에 좋은 칡즙과 생과일주스가 놓여 있더라구요.

분명히 칡즙은 경옥 씨, 생과일주스는 민선 씨가 놔뒀을 거예요.

칡즙을 마신 날은 경옥 씨 표정이 온종일 의기양양하고,

생과일주스를 마신 날은 민선 씨가 콧노래를 흥얼거리더라구요.

민선 씨는 엉뚱한 구석이 있어서 더 귀여운 것 같아요.

어제는 안 어울리게 적금 넣으러 은행에 다녀오겠다고 나가더니,

갑자기 28번 대기표를 가져와서는 그러는 거예요.

"이거 지갑에 넣고 다니세요!"

아니, 무슨 부적도 아니고...

그래서 내가, "왜요?" 하고 물었더니

"잡지에서 봤는데 이번 달 제 행운의 숫자가 28이래요.

그래서 원래 27번 뽑았는데 그건 뒷사람 주고 다시 뽑았어요.

경호 씨가 이거 갖고 있으면 내 행운이 되는 거잖아요. 싫으면 말구요."

그런데 싫지 않더라구요.

그녀의 행운이 된다는 말이요.

그래서 28번 번호표를 받아들었죠.

그랬더니 대뜸 "내일 뮤지컬 보러 같이 가요!" 그러잖아요.

그래서 친구들과 선약이 있긴 한데

생각해보겠다고 핑계를 대고 정신을 가다듬고 있었어요.

그런데 이번엔 얌전한 경옥 씨가 살며시 다가와서는

영화 티켓을 내밀면서 이러는 겁니다.

"내일 보러 가세요. 저도 옆 자리 예약했어요."

그러고는 얼굴이 새빨개져서 화장실로 달려가는데

그 모습이 얼마나 귀엽던지

나도 모르게 입가에 미소가 번졌습니다.

두 사람에게 다 오늘 퇴근 시간까지는 말해주겠다고 했는데

큰일이네요.

두 여자의 눈빛이 팽팽합니다.

두 여자가 이를 악물고

양쪽에서 내 팔을 찢어져라 잡아당기고 있는 것만 같습니다.

그냥 셋이서 뮤지컬도 보고, 영화도 보면 안 될까요?

사랑이... 사랑에게 말합니다.

삼각관계 꼭짓점 위에 놓인 걸 자랑할 때가 아니라고,

다른 두 점 위의 사람들은 위태로움을 느끼고 있을 거라고...

수산 시장에 간 여자

오빠를 보면 반성하게 돼요.
대학교 때 아버지가 돌아가신 후로
안 해본 아르바이트가 없대요.
워낙 성실하고 착해서 아르바이트하는 곳마다
사장들이 직원으로 채용하고 싶어 해요.
어떤 분은 학비 걱정은 하지 말고
마저 학교를 다니라고까지 배려해주시기도 했어요.
물론 오빠는 이유 없이 남한테 신세 지고 싶지 않다면서
고마운 제안을 거절했고,
지금까지 졸업을 못 한 상태입니다.
이런 오빠를 처음 만난 건 수산 시장에서였어요.

어느 날 새벽에 친구들하고
싱싱한 회나 한 접시 먹으려고 가락동 수산 시장엘 갔다가
거기에서 알게 됐어요.
무슨 남자가 그렇게 싹싹하게 장사를 잘하는지,
같이 갔던 친구들 모두 그날로 단골이 되었습니다.
하루는 오빠가 끝날 때까지 기다렸다가
다 같이 술을 한잔 하러 가기로 했는데,
지금 생각해보면 그때 이미 서로 마음에 있었던 것 같아요.
그러니까 난 그 늦은 시간까지 오빠를 기다리고,
오빠는 피곤했을 텐데 우리랑 같이 술자리를 한 거겠죠.

사랑이 🖤 사랑에게

"여자친구요? 그럴 시간 있으면 한푼이라도 더 벌어야죠!"
여자친구 있느냐는 친구의 말에
오빠는 농담처럼 웃으며 대답을 했는데,
난 그 말이 너무 안타깝고 마음 아팠어요.
연애할 시간도 없이 새벽부터 밤까지 일만 하며 살아간다니...
왠지 모르게 가슴이 짠했습니다.

그런데 지금은 나도 새벽부터 일어나서 일만 하고 있어요.
오빠가 가는 곳마다 따라다니면서 도와주고 있거든요.
오빠는 방해만 된다고 나오지 말라고 하는데,
이렇게라도 안 보면 일주일에 얼굴 한 번 보기 힘들어요.
요즘 새로운 일을 시작해서 더 바빠졌어요.
아침에 음료 배달하는 일을 시작했거든요.
가을철이고 해서 몸에 좋은 칡즙과 생과일주스를
첫 번째 품목으로 정했어요.
일단은 서비스 기간을 정해서 사무실마다 돌리고 있는데
반응이 어떨지 모르겠네요.
이번 일이 잘 돼야 오빠가 복학을 할 수 있는데...
그런데 이런 상황에 같이 놀아달라고 하면 참 철없는 어리광이겠죠?

사랑이... 사랑에게 말합니다.
사랑에 빠지면 언제나 함께 있고 싶은 거라고,
꿈에서까지 꼭 붙어 있고 싶은 거라고...

걷는 방법을 잊은 여자

지하철을 벌써 몇 대나 그냥 보냈는지 몰라요.
여기에서 이렇게 보게 되다니...
걷는 방법을 잊어버린 사람처럼 한 발자국도 뗄 수가 없습니다.

오늘 병원 오 간호사님이 결혼할 남자를 소개해준다고 해서
오프인 사람들만 강남역에서 모였거든요.
결혼할 남자 회사가 강남역 쪽이어서
시간을 절약할 겸 우리가 움직였죠.
저녁 먹고 맥주 마시고 노래방까지
기분 좋게 놀다가 집으로 가는 길이었는데...
예상치도 못한 곳에서 그와 재회를 했습니다.

강남역은 자주 오는 데가 아니라서... 모르고 있었어요.
계단을 내려와 승강장 앞에 선 순간, 소름이 돋았습니다.
스크린 도어 속에서 그가 웃고 서 있잖아요.
근처 영어 학원 광고 같은데
아마 수강생 모델로 뽑힌 모양이에요.
"영어에 자신이 생겨요!"라는 말풍선과 함께
'수강생 모델 김민우'라는 이름이 보이네요.

민우야... 하고 이름을 부르면
금방이라도 튀어나와 내 손을 잡아줄 것만 같아요.

사랑이 ♥ 사랑에게

다가가 만져보고 싶어요.

머리카락... 이마... 눈이랑 코... 입술...

민우야, 기억나니?

우리가 자주 가던 인사동 전통찻집이랑 미술관 그리고 청계산...

아직도 나랑 뒷자리 같은 그 전화번호 쓰니?

애꿎은 전화기만 만지작거리고 있는데 문자가 도착했습니다.

[사랑하는 친구야, 너희 병원에

건강 칡즙이랑 생과일주스 배달시켜 먹을 사람 없니?

내가 초특가로 줄게~]

작년인가 친구들이랑 가락시장에 회 먹으러 갔다가

거기에서 눈이 맞아 연애 중인 귀여운 친구예요.

자기네는 둘 다 물고기자리라서 횟집에서 만난 게 운명이라는...

그때만 해도 민우가 늘 내 옆 자리에 있었는데...

이젠 내 앞에, 낯선 사람이 되어 서 있네요.

그가 열리고... 닫힙니다.

저 스크린 도어가 민우의 마음이라면 좋겠어요.

다시 그 마음 안으로 들어갈 수 있다면... 좋겠습니다.

사랑이... 사랑에게 말합니다.

간절함이 하늘에 닿으면 이루어질 거라고,

용기 내 다시 한 번 그의 마음을 노크해보라고...

공주와 결혼하는 남자

오늘도 결혼하는 사람들이 많군요.
15층 회사 휴게실에서 커피 한 잔 마시고 있는데
벌써 웨딩 카가 세 대나 지나갔습니다.
다음 주면 나도 저런 웨딩 카를 타게 되겠죠.
우리 차는 뭐로 장식하면 좋을까...
조금 전에 지나간 풍선 장식도 괜찮은 거 같고,
처음에 본 커다란 리본 장식도 나쁘지 않을 것 같네요.

사실 예비 신부가 좀 공주거든요.
세상에서 자기가 제일로 이쁜 줄 알아요.
대학 병원 간호사인데
자기만큼 간호사 유니폼이 잘 어울리는 사람이 없대요.
어제 강남역에서 그녀 직장 동료들을 만났는데
누가 나한테 그러더라구요.
"결혼하면 궁궐에 사시겠어요? 오 간호사님, 공주인 거 아시죠?"
그래서 다들 한바탕 웃었습니다.

지난 몇 달이 어떻게 지나갔는지 모르겠어요.
예식장 잡고, 드레스랑 턱시도 보러 다니고,
신혼여행 자료 검색하고 결정하고, 스튜디오 촬영하고,
살 집 구하러 다니고, 가구 들여놓고,

양가 친척들 찾아다니며 인사드리고, 주례 선생님 찾아뵙고...
그러다 보니 어느새 결혼식이 코앞으로 다가왔네요.
결혼을 며칠 앞두니까 솔직히 심란해요.
지난 연애사가 연도별로 떠오르기도 하고...
첫사랑 그녀는 내 결혼 소식을 들었을까,
두 번째... 그 선배는 지금쯤 결혼해서 살고 있을까,
세 번째... 꼬맹이는 유학 생활 잘 하고 있겠지.

여자들만 결혼식 앞두고 싱숭생숭한 거 아닙니다.
먼저 장가 간 친구들 얘길 들어보니 다들 그랬다고 하더라구요.
과연 잘 한 선택일까, 후회 없는 결정일까...
눈앞에 놓인 새로운 삶이 설레는 만큼 두려운 건
남자도 여자랑 마찬가지예요.
그런데 혹시 지금 그녀도 지난 추억을 더듬고 있는 건 아니겠죠?
결혼을 앞둔 여자가 감히 외간 남자 생각을 하다니,
그건 용납할 수 없는 일이죠!
당장 전화해서 따져야겠습니다.
남자도 티를 안 내서 그렇죠, 여자랑 똑같이 질투 난다니까요.

사랑이... 사랑에게 말합니다.
질투 나는 그 마음을 영원히 간직하며 살아가라고,
그럼 후회 없는 선택이 될 거라고...

연기 잘하는 남자

배우가 될 걸 그랬나 봐요.
나의 이 연기력은 알아줘야 한다니까요.
그것 봐요, 둘 다 감쪽같이 눈치 채지 못했잖아요.
그동안 괜히 도둑이 제 발 저려서 혼자 속 끓인 거죠 뭐.

나, 민규, 진주... 우리 셋은 초등학교 동창이에요.
민규랑 진주가 사귄다는 사실을 알고,
그날 밤 술에 취해 진주한테 전화를 했어요.
자다 일어난 그녀에게 뜬금없이 물었죠.
"우리... 우린... 친구지?"
그날 이후 소심한 난 그녀가 내 마음을 알아차렸을 거라고,
민규한테도 얘기했을지 모른다고 생각하고는
지금까지 쭉 불편해하고 있었어요.
오늘 나한테 웨딩 카 장식을 부탁할 때까지만 해도
내가 자기들이 결혼하는 모습을 지켜보면 아프고 힘들까 봐
일부러 배려하려고 그러는 줄 알았어요.
그런데 나보고 인천 공항까지 에스코트를 해달라고 하는 순간,
아니구나... 전혀 모르는구나... 다행이다 싶었습니다.

하긴 그렇게 심하게 장난치고 놀리는데
누가 딴마음이 있다고 생각하겠어요?
"야, 이게 누구야? 화장발이 무섭긴 무섭다!"

사랑이 사랑에게

오늘도 신부 대기실에서
친구들과 사진 찍고 있는 그녀를 보자마자
숨 막히게 아름다운 그녀가 너무 당황스러워서
또 놀리고 장난을 쳤습니다.
학교 다닐 때도 그랬어요.
진주는 초등학교 때 머리부터 발끝까지가 리본이었어요.
그런 그녀를 난 매일 리본 공주라고 놀렸고,
민규는 놀리는 대신 리본 핀을 선물했죠.
그때 나도 리본 핀을 선물할걸...
그랬다면 지금 이 상황이 조금은 달라졌을까요?
리본 좋아하는 진주를 위해
크고 작은 리본들로 웨딩 카를 장식했습니다.
그리고 지금 막 두 사람을 공항에 내려주고
신혼집으로 웨딩 카를 갖다놓으러 가는 길이에요.
그런데 기분이 정말 이상하네요.
그녀를 태운 웨딩 카를 몰고
그녀가 살게 될 신혼집으로 혼자 가는 길...
이 길이 너무 길고 험해 눈물이 나려고 합니다.
오늘따라 바람은 왜 이렇게 부는 걸까요.

사랑이... 사랑에게 말합니다.
우정도 때론 사랑만큼이나 아리고 애틋한 거라고,
사랑이 되려는 우정을 막으면 더욱 그런 거라고...

사랑이 사랑에게

콧대 높아진 여자

평생 한풀이를 한 거죠.
어려서부터 낮은 코가 콤플렉스였거든요.
이제 붓기만 빠지면... 내 앞에 새로운 인생이 펼쳐지겠죠?
오빠는 몰라보게 예뻐진 내 모습을 보고 깜짝 놀라구요.

그런데 생각보다 가라앉는 시간이 더디네요.
병원에서 일주일이면 사회생활 복귀가 가능하다고 했는데
지금 이 모습으로 사회로 돌아간다는 건, 음... 범죄죠.
아직도 여기저기 멍 자국이 있고 얼굴 전체가 탱탱 부어
요 앞 슈퍼에 갈 때도 마스크를 쓰고 나가는데
정말 못할 짓이에요. 사람들도 쳐다보고...
하지만 예뻐지려면 이 정도 고통은 감수해야겠죠?

엄마는 마스크를 쓰고 나갈 때마다
힘들게 세운 코가 다시 주저앉는 게 아니냐고 야단이세요.
고등학교 때부터 그렇게 졸랐는데
만날 그냥 생긴 대로 살라면서 원판 불변의 법칙을 외치시더니,
며칠 전에 내가 친구 결혼식에 갔다 와서
신부 대기실에서 애들하고 찍은 사진을 보여드렸더니
갑자기 그러시더라구요.
"애들이 옛날하곤 영 딴판이네. 너도 하고 싶으면 해라."
그날 결혼한 진주도 오랜만에 봤는데 진짜 예뻐졌더라구요.

어떤 남자가 신부 대기실에 와서 화장발이라고 하던데,
내가 보기엔 성형발이 확실해요.

그런데 풀어야 할 숙제가 하나 있어요.
수술하느라고 오빠한테 여행 다녀오겠다고 거짓말을 했기든요.
차마 코 수술 한다는 말이 입에서 떨어지질 않더라구요.
긴 머리를 싹둑 자르고 염색을 해서 웨이브를 살짝 넣으면
못 알아보지 않을까요?
어, 오빠한테 전화가 왔네요.
이상해요. 난 지금 한국에 없는 걸로 되어 있는데...
전화를 안 받았더니 문자가 도착했습니다.
[네가 콧대가 높아지더니 뵈는 게 없구나.
하늘 같은 서방 전화를 거부하고... 콧대가 하늘을 찌르는구나.]
아니, 누가 오빠한테 일러바친 거 아닐까요?
병원에 같이 가준 정민이 고 기집앤가... 아닌데...
암튼 누군지 내 손에 잡히기만 해봐. 다 죽었스~

사랑이... 사랑에게 말합니다.
지금이라도 솔직하게 털어놓으라고,
보이지 않는 마음이 변해도 알아차리는 게 사랑이라고...

사랑이 ♥ 사랑에게

드라마 챙겨 보는 남자

내가 드라마를 좋아하게 된 건 그녀 때문이에요.
그녀가 드라마 작가 지망생이었거든요.
날 만날 때까지는 습작만 하고 데뷔는 못 했는데
지금쯤은 정식으로 데뷔했을지도 모르겠네요.
이런 생각을 하면 더 열심히 드라마를 챙겨 보게 돼요.
그녀가 필명으로 집필을 하고 있을지도 모르잖아요.

그녀는 상상력이 풍부했어요.
지나가는 사람만 보면 이야기 잇기 놀이를 시작했죠.
"저 여자는 말이야. 음... 이름은 최가희구, 직업은 의상 디자이너야.
그녀가 사랑하는 남자가 있는데 남자는 여자의 마음을 모르고 있어.
그 남자는 그녀가 다니는 의류업체 사장 아들이야."
이쯤에서 그녀가 나를 쳐다보면
다음 이야기는 내가 이어가라는 사인이었습니다.
"그 남자도 여자를 사랑하지만 상처가 될까 봐 아는 척할 수 없었어.
왜냐면 집에서 정해준 여자가 있거든."

이렇게 이야기를 주고받으며 동이 틀 때까지 걷고 나면,
어느새 드라마 한 편이 완성되어 있었죠.
그리고... 곧 우리가 만든 드라마는 현실이 되었습니다.
그녀는 집에서 정해준 아빠 친구 아들과 연애를 시작해야 했고
난, 버거운 그녀를 내려놓기로 했으니까요.

그때 처음 알았어요.
드라마 같은 일이 현실에서도 일어날 수 있다는 걸...
저기 마스크를 쓰고 지나가는 여자가 보이네요.
만약 그녀가 옆에 있다면 또 시작했을 겁니다.
"저 여자가 감기에 걸린 건 며칠 전 밤에 머리를 감고 말리지도 않고
창문을 열어둔 채 그냥 잠들어버려서야."

오늘도 미니 시리즈를 보려면 열 시까지는 집에 들어가야 하는데
일이 많이 밀렸습니다.
내가 이런 얘길 하면 친구들은 그래요.
제발 드라마 좀 그만 보라고...
드라마에서처럼 기적 같은 재회는 일어나지 않는다고...
내가 그녀를 찾겠다고
하던 일을 그만두고 택배 일을 시작했을 땐
다들 미쳤다고까지 했어요.
하지만 난 믿습니다.
드라마 같은 일이 현실에서도 일어난다고... 그럴 수 있다고...
홈쇼핑 화장품 배달을 나왔는데 서둘러야겠어요.
그래야 수목 미니 시리즈를 볼 수 있을 것 같아요.

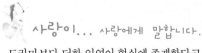

사랑이... 사랑에게 말합니다.
드라마보다 더한 인연이 현실에 존재한다고,
기대가 멈추지 않았다면 아직 사랑도 멈추지 않은 거라고...

사랑이 사랑에게

메일 받은 여자

다들 아니래요.
그냥 한번 연락해본 거라고... 흔들리지 말래요.
아물고 있던 상처만 덧난다고... 전화가 와도 만나지 말래요.
못 잊고 있어서 연락한 것도,
다시 시작하고 싶어서 연락한 것도 아니래요.
단지 지금 뭐가 잘 풀리지 않거나
사귀고 있는 여자가 속을 썩이거나...
그래서 예전에 자기한테 제일 잘 해준 여자에게
어리광을 부리고, 기대고 싶은 것뿐이라고.
물어보는 사람마다 다 그러네요.

헤어진 남자에게서 메일이 왔어요.
하마터면 스팸 메일인 줄 알고 지워버릴 뻔했어요.
그런데 삭제하려는 순간,
그 사람 이름이 크게 확대되어 눈에 들어왔습니다.
메일 제목은 '나야... 잘 지냈니?'
순간 가슴이 빠른 템포로,
2분의 2박자로 뛰기 시작했죠.
잘 지내느냐고,
아직도 그 회사 잘 다니느냐고,
헤어진 후에도 날 잊은 적 한 번도 없었다고,
기회가 되면 보고 싶다고...

그래서 오늘 하루 종일 만나는 사람마다 붙들고 물어봤어요.

남자들에겐,

헤어진 남자가 메일을 보내와서 보고 싶다는데

도대체 이 남자 왜 나한테 연락을 했을까요?

그리고 여자들에겐,

만약 내 입장이라면 어떡하겠느냐고...

그랬더니 하나같이 다들 만나지 말래요.

헤어진 이유를 물어서

그가 바람나서 헤어지게 됐다고 그때 상황을 짤막하게 설명했거든요.

택배가 왔습니다.

"김소연 씨가 누구십니까?"

홈쇼핑 회사에서 배달된 화장품 세트인데, 이상하네요.

난 이런 물건 신청한 적 없거든요.

보낸 사람 이름을 보니 그 사람입니다.

박.상.수.

이 홈쇼핑 회사에서 일하나 봐요. 여전하네요, 선물 공세는...

아무리 마음을 다잡아도 난 그를 거절하기 힘들 것 같습니다.

너무 궁금하고... 보고 싶거든요.

고민을 하고 있으니까 지나가던 미스 송 언니가 그러네요.

"너 예전보다 살쪘지? 그럼 절대 절대 네버~ 만나면 안 된다!"

사랑이... 사랑에게 말합니다.

마음이 시키는 대로 하라고,

다른 사람에게 그 마음을 확인받는 건 아무런 의미가 없다고...

사랑이 ♥ 사랑에게

연애운을 믿는 여자

'용기를 내어 그 사람에게 접근하라!'
오늘의 운세를 보니 연애운이 좋은데요.
왠지 느낌이 좋습니다.
그 사람이 나에게 많은 영향을 미치고 있어요.
이렇게 거들떠보지도 않던 조간신문을 아침마다 챙기죠.
물론 오늘의 운세를 보기 위해서지만.
그리고 집 앞 세탁소에 가더라도 차를 갖고 다니던 내가
차를 두고 지하철을 이용해서 출근하고.
혹시나 그 사람 차를 얻어 탈 수 있을까 해서지만.
또 건망증이 심해서 집에 휴대폰을 잘 두고 나가는데,
요즘은 아침마다 기를 쓰고 챙겨요.
그 사람 전화번호를 입력해야 되는 순간이 언제 올지 모르니까.

그래요, 나~ 좋아하는 사람 생겼어요.
우리 회사 MD, 박상수!
홈쇼핑 회사에 다니는데,
난 상담원이고 '박'은 MD예요.
오늘 '박'이 기획한 화장품 세트를 특가 판매했는데,
완전 매진에 대박이었어요.
상담 전화에 불붙은 줄 알았다니까요.
얼굴도 잘생기고, 일도 잘하고, 친절하고...
그런 남자가 과연 내 차지가 될 수 있을까요?

'박'은 나의 존재를 알기나 할까요?
복도에서 몇 번 인사하면서 마주친 게 전부인데...

어떻게 하면 그 사람 차를 한 번이라도 얻어 탈까요?
알아보니 집도 같은 방향이더라구요.
아침에 본 연애운을 믿고
오늘 용기 내서 '박'에게 한번 대시해보려구요.
엄마가 날 추워졌다고 옷 따뜻하게 입고 나가라고
몇 번이나 신신당부를 했는데,
오늘 일부러 얇은 블라우스만 하나 걸치고 나왔어요.
추워 보이면 혹시나 그 사람이 말을 걸어줄까 해서요.
"어디까지 가세요?
얇게 입으신 것 같은데, 지하철역까지라도 태워드릴까요?"
거기까지만 성공하면 그다음은 자신 있는데...
정문 앞에서 '박'과 우연을 가장해 딱! 마주치려면
지금 서둘러 나아야 할 것 같은데요.
부디 행운의 여신이 나의 편이길 바랄 뿐입니다.

사랑이... 사랑에게 말합니다.
용기 있는 자가 사랑을 쟁취하는 거라고,
용기는 사랑을 얻는 최선의 방법이라고...

언어장벽에 부딪힌 남자

여자들의 언어는 너무 어렵습니다.
"생각해보겠다"는 말의 의미가 도대체 뭘까요?
직장 내에 '길벗'이라는 여행 동호회가 있는데
거기에서 알게 된 예쁘장한 여직원이 있어요.
요즘 나의 관심 목록 1호에 등록된 주인공이죠.
이번 주말에 어떻게 하면 관심 1호와 여행을 다녀올 수 있을까,
며칠을 머리 싸매고 연구했습니다.

그러던 중에 어제 우연히 신문에 난 '연애운'을 보게 됐어요.
양띠... '용기를 내어 그 사람에게 접근하라!'
그 한 마디에 탄력을 받아 그녀에게 바로 제안을 했습니다.
"이번 주말에 제 친구들하고 그쪽 친구들하고 조인해서
어디 가까운 데 단풍 구경이라도 갔다 오면 어떨까요?
솔로들끼리만 소수정예로다가..."
그랬더니 그녀 대답이 "생각해볼게요"였습니다.

예전 여자친구하고도 이런 언어장벽 때문에 헤어졌거든요.
그녀도 늘 이런 식이었죠.
"요즘 입을 옷이 너무 없어. 와! 저 옷 예쁘다. 그치?" 하면
난 그 속마음도 모르고 "응, 예쁘네" 하고,
"내 친구도 여기에서 저거 샀는데 되게 싸대. 진짜 싸네" 하면
난 그게 사달라는 말인지도 모르고 "그러게... 싸네" 했어요.

나중에 헤어질 때 비로소
그동안 했던 말들의 진짜 의미를 말해주더군요.
"그동안 네가 나한테 해준 게 뭐가 있어?"
자신의 언어를 알아듣지 못했다는 이유로,
완전히 날 자린고비 짠돌이로 만들더라구요.

관심 1호도 좋으면 좋다, 싫으면 싫다
알아듣기 쉽게 딱 잘라서 대답을 해주면 좋잖아요?
같이 갈 마음이 있긴 한데 한번 튕겨보는 건지,
아니면 영 갈 마음이 없는데 내가 민망해할까 봐 돌려 말한 건지...
아... 정말 답답합니다.
가려면 빨리 장소도 알아보고 숙소도 정해야 되는데...
그녀에게 문자가 도착했습니다.
[몇 명 모으면 되죠?]
생각해보겠다는 게 긍정의 의미였군요.
그렇다고 앞으로 관심 1호의 "생각해보겠다"는 말이
모두 긍정의 의미는 아니겠죠?
단번에 이해할 수 없는 복잡한, 여자의 언어니까요.

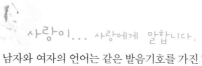
사랑이... 사랑에게 말합니다.

남자와 여자의 언어는 같은 발음기호를 가진 다른 언어라고,
평생이 걸려도 서로의 언어를 완벽하게 알아들을 수 없다고...

사랑이 사랑에게

산에 오르는 여자

나 아니면 안 되는 사람인 줄 알았어요.
그런데 나의 자만이고 오해였습니다.
그는 내가 없어도
밥 한 그릇씩 뚝딱 비우고, 와이셔츠 단추도 단단하고,
안경알도 반질반질 깨끗하네요.

회사 1층 로비에서 그 사람 처음 봤을 때,
어린 왕자 같다는 생각이 들었어요.
그날 이후로 복도에서 마주칠 때마다
어깨에 긴 망토를 두른 모습을 상상하면서
혼자 피식 웃곤 했는데...
어느 날 같은 부서에 있는 주연 씨가 선물이라면서
'길벗' 동호회 회보를 건네주었어요.
그 사람이 거기 회장이라면서...
지금은 '길벗'이 여행 동호회처럼 되어버렸지만
그때만 해도 등산 동호회였어요.
그래서 산과 인연을 맺게 됐죠.
더불어 그 사람과의 인연도 맺게 되고...
험한 산행을 다녀올수록 그와의 거리가 점점 좁아졌고
자연스럽게 연애를 시작하게 됐어요.

산장에서 마신 체온만큼 따뜻한 보온병 커피,

침낭에 들어가 하늘의 별을 바라보며 들은 그의 어린 시절 이야기,
모두모두 가슴속 기억상자에 꼭꼭 눌러 보관해두었는데...

며칠 동안 잠수를 타고 나타나지 않던 그가
까칠한 얼굴에 자기 몸체만 한 배낭을 등에 지고
어제 우리 집 앞까지 찾아왔어요.
오가는 사람이 드문 아파트 비상계단에 앉아
한참을 멍하니 내 얼굴을 바라보더니... 그러더군요.
"나, 너한테 할 말이 있어. 넌 내가 없어도 씩씩하게 잘 살 수 있지?
그런데... 안 되는 사람이 있어. 찾아와서 수녀가 되겠대."
나보다 먼저 사랑한 여자의 이야기였어요.
촉촉하게 젖은 그 사람 눈빛을 보니
그녀가 없으면 안 되는 사람은... 그인 것 같았어요.
그래서 오늘 새벽 월차를 내고 지리산 산행에 나섰습니다.
혼자는 처음이에요.
이렇게라도 다 버리고... 다 지우고... 가벼워진 마음으로...
이번 세상엔 친구로 남아줄 테니
다음 세상에선 부디 날 선택해달라고 부탁하려구요.

사랑이... 사랑에게 말합니다.

진짜 버릴 수 있겠느냐고,
다음 세상을 믿고 지금의 그 사랑을 놓을 수 있겠느냐고...

내기에 인생을 건 남자

뭐든 내기를 하자고 덤벼드는 그녀.
'내기'는 그녀의 유일한 취미생활입니다.
아마 내기 없는 세상은 그녀에게
단팥 빠진 붕어빵, 한글 자막 빠진 프랑스 영화, 탬버린 빠진 노래방,
뭐 이런 거랑 비슷할 거예요.
지금까지 나열한 건 그녀가 몸서리치게 싫어하는 것들입니다.

그녀의 '내기'는 아주 어려서부터 시작된 삶이라고 해요.
오늘은 엄마가 바나나 우유를 사 주실까, 안 사주실까.
뭐 이런 내기를 동생과 하면서 꿀밤 맞기를 했대요.
그리고 이건 나중에 들은 얘긴데,
나를 두고도 과 친구들과 내기를 한 적이 있답니다.
"오철수, 여자친구가 있을까, 없을까?"
그녀는 '없다'에 만 원을 걸었고,
다른 세 친구는 '있다'에 만 원을 걸었대요.
1학년 2학기였나... 갑자기 그녀가 학생회관 매점에서
"너... 여자친구 있어?" 하고 물은 게 내기였던 거죠.
그런데 난 그게 대시를 해온 건 줄 알고,
결국 이렇게 사귀게 됐구요.

이번 겨울방학에 같이 과외 아르바이트를 하려고 하는데
이것도 내기를 하잡니다.

아파트마다 돌아다니면서 전단지를 붙이고 있는데
누구한테 먼저 전화가 걸려오느냐! 내기를 하자네요.
소원 한 가지랑 달콤한 단팥죽 내기랍니다.

이 아파트가 마지막 목표물이에요.
오전 내내 걸어 다녔더니 춥기도 하고 힘이 드네요.
그녀가 '가위 바위 보'를 해서 따뜻한 캔 커피 사오기를 하재요.
그녀는 가위! 나는 주먹!
내가 이겼습니다.
그녀가 갔다 올 동안 아파트 비상계단에 앉아서 좀 쉬어야겠어요.
어, 그런데 벌써 자리를 차지한 사람들이 있네요.
배낭 멘 남자와 슬리퍼 신은 여자...
남자가 여자를 찾아와 심각한 얘기를 하는 모양입니다.

우리의 가장 큰 내기엔 인생이 걸려 있어요.
이 내기에 대한 대답은
서로 가슴에 묻어뒀다가 나중에... 나중에 얘기해주기로 했어요.
"우리의 연애의 끝이 과연 결혼으로 끝날까, 이별로 끝날까?"
난 물론 "결혼으로 끝난다..."에 내 인생을 걸었습니다.

사랑이... 사랑에게 말합니다.
송두리째 걸 수 있을 때가 아름다운 거라고,
아낌없이 줄 수 있을 때가 빛나는 거라고...

사랑이 사랑에게

필름 돌리는 여자

이렇게 누워서 지난 시간의 필름을 돌려보는 일,
참 오랜만이네요. 대학생이 된 후 한 번도 없었던 것 같아요.
고3 땐 자주, 지치고 답답해질 때마다
이렇게 똑바로 누워서 눈을 감고
어린 시절의 추억을 떠올리곤 했는데...
유치원 때 내가 먼저 뽀뽀해버린 엄마 친구 아들, 장경인...
초등학교 6학년 때 백일장에서 상 받은 일...
그럼, 마음이 차분해지면서
다시 일어나 책상에 앉을 수 있는 힘이 나곤 했어요.
'먼 훗날 지금의 나를 기억하며 미소 지을 수 있는 사람이 되자.'
뭐, 이런 표어 같은 생각이 들었거든요.

오늘은 불과 1년도 안 된 생생한 필름이 돌아갑니다.
오다가 아파트 게시판에 붙어 있는 과외 전단지를 봐서 그런지
잠시 잊고 있었던 과외 선생님이 생각나네요.

고3 때 수학 성적이 잘 오르지 않자,
엄마가 동네 전봇대에 붙어 있던
과외 전단지 한 귀퉁이를 찢어 오셨어요.
그리고 다음 날 과외 선생님이 오셨죠.
머리를 뒤로 묶고 한쪽 귀엔 귀고리를 하고
헐렁한 면 티셔츠에 청바지를 입고 나타난 과외 선생님.

사랑이 사랑에게

엄마는 약간 실망한 듯했지만,
첫 수업을 받은 내가 잘 가르치는 것 같다고 하니까
그냥 그 선생님으로 결정하셨습니다.

지금 생각해보면 참 좋은 선생님, 아니 좋은 오빠였어요.
내가 공부 때문에 힘들어하면
그때마다 오빠가 다니는 서울대에 데려가서 구경시켜주었어요.
그러면 나는 꼭 대학생이 되어야겠다는 다짐을
다시 한 번 했죠.
지금 생각해보면... 어쩜 그런 감정이었는지도 모르겠어요.
풋사랑, 첫사랑, 짝사랑...
세탁해서 처음 간 뽀송뽀송한 침대보에 살갗이 닿는 느낌,
이런 느낌의 사랑이었던 것 같아요.
먼 훗날 돌이켜 생각해보면
이 세 가지 사랑이 내겐 한 사람의 이름으로 기억될 것 같아요.
보고 싶네요. 과외 선생님...
내일 선생님 학교에 놀러 가볼까요?

 사랑이... 사랑에게 말합니다.
아직 개봉되지 않은 사랑일지도 모른다고,
상영될 날만 기다리는 미개봉 사랑일지도 모른다고...

진짜 형부가 되고 싶은 남자

믿을 수가 없어요.
지난 주말에도 같이 밥 먹으면서
꼬박꼬박 생선살을 발라 숟가락에 올려주던 그녀가
설마 그런 생각을 하고 있을까요?

오늘 고시원으로
내가 '꼬마 아가씨'라고 부르는 예비 처제가 찾아왔어요.
공부 열심히 하라고 응원 차 온 줄 알았더니,
최악의 비보를 들고 왔더군요.
"언니가 예비 형부랑 헤어지려고 그래요.
다음 시험만 끝나면 말할 거라고 하던데 눈치 채셨어요?"
뭐가 진실인지 모르겠어요.
여러 가지 경우의 수가 있겠죠.
그녀가 직접 말하기 힘들어서 동생을 대신 보냈을 수도 있고,
아니면 이건 아주 희박한 확률이긴 하지만
날 못 믿는 부모님의 특명을 받고 왔을 수도 있겠죠.
거금의 용돈에 매수당해서요.

그런데 내가 왜 이렇게 못된 생각만 하는 걸까요?
꼬마 아가씨는 정말 우리 둘이 잘 되기를 바라는 마음에서
여기까지 왔을 수도 있는데...
그동안 꼬마 아가씨랑은 친오빠 동생처럼 지냈거든요.

사랑이 ♥ 사랑에게

얼마 전에도 고시생으로서는 정말 대단한 무리를 해서
예비 처제에게 생일 선물을 했어요.
몇 달째 갖고 싶다고 노래를 부르던 엠피쓰리를 사줬더니
글쎄, "기분이다! 오늘은 예비 빼고 형부~ 땡큐!" 하면서
내 볼에 갑자기 쪽, 하고 뽀뽀를 하더라구요.

유치원 다닐 때 이후로 여자에게 기습 뽀뽀를 당한 건 처음이었어요.
내 볼에 첫 뽀뽀를 한 여자는
같은 동네에 살던 엄마 친구 딸입니다.
할 수만 있다면 다시 그 시절로 돌아가고 싶네요.
그때는 이렇게 사랑 때문에 고민할 일도 없고 참 행복했는데...

그녀는 정말 나와 헤어질 생각을 하면서
날 보고 그렇게 예쁘게 웃었던 걸까요?
머리도 식힐 겸 집에 바래다주겠다고 해도
공부할 시간 뺏고 싶지 않다고 혼자 버스에 오른 이유가
혹시 헤어질 준비를 하기 위해서일까요?
정말 믿을 수가 없습니다.

사랑이... 사랑에게 말합니다.
지금 잠깐 바람에 흔들리고 있을 뿐일 거라고,
그러니 바람이 불어도 흔들리지 않는 뿌리가 되어주라고...

영수증 모으는 남자

지칠 내도 됐죠.
그만하면 오래 참고 기다려줬다는 거 알아요.
설마 청첩장... 그건 아니겠죠?
고시원에 있다 보면 그런 일 종종 보거든요.
이건 나중에 근사하게 프러포즈하면서
짠~ 하고 보여주려고 했는데,
아무래도 지금이 적절한 시기 같습니다.

어딜 가나 영수증 챙기는 내게 그녀는 불만이 많았어요.
"그 영수증 모아서 뭐 하게? 나중에 헤어지게라도 되면
그때 나한테 다 청구하려고 그러지? 어? 어?"
이런 핀잔과 구박을 받으면서도
꿋꿋하게 이 영수증들을 모아온 건
우리의 시간과 공간, 추억을 스크랩해두기 위해서였습니다.
영수증을 붙이고, 그 밑에 우리들의 이야기를 메모해온 노트가
벌써 다섯 권째입니다.
가방 속에 영수증 북을 넣고,
그녀가 싫어하는 슬리퍼 대신 새로 산 운동화를 신고,
그녀를 만나러 가고 있습니다.

역시 그녀의 표정이 예사롭지 않네요.
고개를 푹 숙인 채 젓가락으로 밥풀만 세고 있습니다.

옆 테이블에 앉은 연인은
서로 생선살을 밥 위에 얹어주며 다정히도 얘길 나누네요.
그 모습이 하도 부러워서
나도 생선살을 발라 그녀의 밥 위에 얹어주었더니,
다시 내 밥 위로 옮겨놓습니다.

답답해서 잠깐 담배를 사오겠다고 하고 나왔어요.
그리고 문자를 보냈습니다.
[가방 열어봐. 선물이 있어. 지금 너에게 줘야 할 것 같아서.]
그러고는 오락실로 달려가 펀치를 수십 번 치고 또 쳤습니다.
지나가는 사람들이 멈춰 쳐다볼 정도로 미친 듯이.
그렇게 몇 시간이 지났을까,
그녀가 오락실로 날 찾아왔네요.
"속 좀 시원해졌어? 오락실에선 영수증 안 주나?"
그러면서 구천 원짜리 백반 집 영수증을 내밀며 웃고 있습니다.
난 계속 영수증을 모을 수 있게 된 걸까요?

사랑이... 사랑에게 말합니다.
그 사람과의 미래를 그려보라고,
멋진 그림이 스케치된다면 그 사람이 당신의 인생일 거라고...

틀린 그림 찾는 여자

아침엔 비가 내리다가 오후엔 말짱해진 날,
주머니 없는 옷을 입고 외출한 날,
이런 날이면 영락없이 우산을 잃어버리고
화장실 세면대에 휴대폰을 두고 찾아 헤매요.
며칠 전에도 친구랑 카페에서 수다 떨고 놀다가
새로 산 구두 모양 귀고리를 탁자 위에 두고 나왔어요.
그리고 조금 전에도 동네 오락실에 갔다가
하얀색 링 귀고리를 그냥 두고 나오구요.
금속 알레르기가 있어서 귀고리를 자주 뺐다 꼈다 하거든요.

이젠 잃어버린 물건 따위엔 마음 같은 거 쓰지도 않아요.
나와의 인연이 일주일밖에 없는 귀고리였다...
그냥 이렇게 생각하고 말죠.
어차피 찾을 수 없거든요. 한 번 잃어버린 건 영원히...
남자친구도 그렇게 생각하기로 했어요.
나와는 6개월밖에 인연이 없는 사람이었다...
건망증 때문에 어디에 뒀는지 기억이 안 나서
그를 영원히 찾을 수 없게 돼버렸다... 이렇게요.
건망증에 모든 걸 뒤집어씌우기로 한 거죠.

그런데 건망증도 소용없는 버릇이 하나 남아버렸어요.
영화 볼 때마다 표 끊어놓고 남는 시간에

사랑이 사랑에게

둘이 오락실에서 '틀린 그림 찾기'를 했거든요.
그런데 그 사람이랑 헤어진 후에도
틈만 나면 오락실에 가서 이 틀린 그림 찾기를 하게 되네요.
문득 우리의 이별이
이 '틀린 그림 찾기'에서부터 시작됐을지도 모른다는
어처구니없는 생각이 들어요.
사랑하면 서로 닮은 걸 찾아내려고 애쓴다는데
우린 틀린 것만 찾아내려고 애썼거든요.
"난 경제경영서만 보는데, 넌 소설만 읽잖아."
"난 발품 파는 배낭여행이 좋은데, 넌 휴양지가 더 좋지?"
한 남자가 죽을힘을 다해서 펀치를 치고 있네요.
누굴 저렇게 때려주고 싶은 걸까요?
잃어버린 귀고리를 찾으러 다시 들어갈까 하다가
가면 또 틀린 그림을 찾게 될까 봐 그냥 마을버스에 올라탔습니다.
친구를 만나기로 했거든요.
찬바람이 심장을 파고드네요.
다시는 틀린 그림 같은 거... 찾지 않을 거예요. 다시는.

 사랑이... 사랑에게 말합니다.
틀린 게 아니라 다른 것뿐이라고,
서로의 다름을 인정해야 평화로운 사랑이 이어진다고...

기대가 멈추지 않았다면
아직 사랑도 멈추지 않았습니다.

사랑이 사랑에게

sweet sweet sweet love...

chapter 4

힘들 때마다 쉬어갈 수 있는 흔들의자가 되어주고 싶습니다

1.5배 예뻐진 여자

어제 치과에 갔다가 친구를 만나기로 했는데
중간에 시간이 붕 뜨는 거예요.
그래서 잠깐 치과 앞에 있는 오락실에 갔다가
거기서 하얀 링 귀고리를 주웠어요.
그냥 놔둘까 하다가 잃어버린 사람을 생각해서
카운터에 맡겨놓으려고 집어 들었는데...
그 순간, 누군가 툭 치고 지나가는 바람에
그만 귀고리를 바닥에 떨어뜨렸습니다.
그런데 설상가상으로 한 남자가
그걸 유유히 밟고 지나가는 거예요.
당연히 귀고리는 산산조각이 났죠. 플라스틱이었거든요.

괜히 착한 일 한 번 하려다
남의 귀고리만 망가뜨렸네... 하고 속상해하는데
그때, 한 남자의 목소리가 들려왔어요.
"저... 죄송해요. 제가 변상을 해드리겠습니다.
오늘은 제가 좀 바쁜 일이 있어서... 언제 시간이 괜찮으세요?"
공손한 말투에 훤칠한 키, 수북한 눈두덩이~
딱, 내 스타일이더라구요.
오! 마이 스타일~
그 귀고리가 내 것인 줄 알고
시간을 내주면 변상해주겠다는 그 남자 앞에서

차마... 아니 굳이 내 것이 아니라고 말하고 싶지 않았어요.
그래서 오늘 저녁에 만나기로 했습니다.
그런데 귀고리 주인이 귀도 뚫지 않았으면 이상하겠죠?
사실 겁이 많아서 아직 귀를 못 뚫었거든요.

몇 년 만에 찾아온 기회인데... 여기에서 물러날 순 없죠.
까짓 거 한 번 뚫어보죠 뭐.
설마 귀 뚫다가 죽기야 하겠어요?
"여기 귀 뚫어주나요?"
"네? 뭐라구요? 요즘엔 총으로 안 뚫고 손으로 뚫는다구요?"
왕관 모양 귀고리를 한 언니가
귓불을 조몰락조몰락 만지고 있습니다.
아, 펑 하는 느낌이 오네요.
"거울 보세요!"
어느새 양 귓불에 반짝이는 귀고리가 박혔습니다.
귀고리를 하면 1.5배 더 예뻐 보인다는 말이 있잖아요?
그 말이 맞는 것 같아요.
그 남자의 눈에도 내가 어제보다 더 예뻐 보이면 좋겠습니다.

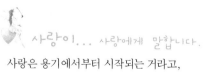

사랑이... 사랑에게 말합니다.

사랑은 용기에서부터 시작되는 거라고,
다가가는 용기, 두려워하지 않고 받아주는 용기...

사랑이 사랑에게

낮은 목소리를 가진 남자

알고 온 걸까요? 모르고 온 걸까요?
만약 내 이름을 넣어서 '김수진 치과'라고 간판을 내걸었다면,
그랬다면 들어오지 않았을까요?
그녀는 날 알아보지 못하는 건지,
아니면 알아보지 못하는 척하는 건지...
그냥 조용히 누워서 치료만 받고 있습니다.
하긴 예전보다 살도 많이 찌고,
머리숱도 현저히 줄어들고,
게다가 이렇게 눈만 보이게 마스크를 뒤집어쓰고 있으니
못 알아보는 것도 당연하겠죠.

"원장님, 어제 임플란트하신 환자 분이
꼭 원장님과 통화하기를 바라는데 어떻게 할까요?"
"한 시간 후에 전화드린다고 전해주세요."
갑자기 그녀의 표정이 굳어지네요.
혹시 유난히 저음인 내 목소리를 기억하는 걸까요?
그녀가 입 안을 헹궈내면서 내 얼굴을 빤히 쳐다보고 있습니다.
"저... 설마... 아니에요! 죄송합니다."
이런 우연 같은 게 있을 리 없다는 표정이네요.

그녀가 치료를 받기 위해 다시 누우려는 순간,
내가 마스크를 벗었습니다.

"들어올 때부터 알았는데, 치료 끝나면 아는 척하려고 했어.
그 전에 알면 입 벌리고 누워서 치료받기 민망할 것 같아서..."
말꼬리를 흐리며 어쩔 줄 모르는 나를
그녀가 바로 알아보고는,
"야, 아줌마가 쑥스러운 게 어딨어? 진짜 오랜만이다~ 반갑다!
잘 살지? 애들은 몇 명이야? 하나? 둘? 이 동네에 살아?
난 요 앞 오락실 있는 건물에서 미용실 해. 집은 농협 있는 데고.
너 인턴할 때 우리 소개팅으로 만났지? 와, 세월 빠르다. 그치?
우리 데이트도 몇 번 했지? 그런데 너 머리도 많이 벗겨졌다.
스트레스 안 받아?"
용감한 수다쟁이 아줌마가 된 그녀...
차라리 끝까지 모르는 척할 걸 그랬나 봅니다.
"응? 나? 결혼했지 그럼... 난 딸 하나 있어."
내 대답에 간호사들이 놀란 토끼 눈이 됐습니다.
그냥 왠지... 아직까지 결혼도 못 하고
이렇게 노총각으로 살고 있다고는 말하고 싶지 않군요.
"언제... 결혼했어? 신랑은 뭐 하는 사람이야?"
"우리 신랑? 가발 사업 해. 아참, 다음에 하나 갖다 줄까? 효과 좋아."

 사랑이... 사랑에게 말합니다.

지난 인연에겐 늘 잘 살고 있는 것처럼 보이고 싶은 거라고,
내심 날 놓친 걸 후회하게 만들고 싶은 거라고...

187   사랑이 ♥ 사랑에게

시험 운 없는 여자

떨리고 긴장돼요.
남자친구 정성을 봐서라도 이번엔 꼭 붙어야 되는데...
또 떨어지면 창피해서... 아니 미안해서 어쩌죠?

어려서부터 난 시험 운이 참 없었어요.
중학교 땐가는 음악 시간에 가창 시험을 보는데,
갑자기 배가 슬슬 아파오더니 방귀가 퐁퐁 터졌습니다.
전날 엄마가 해준 곱창전골이 원인이었죠.
방귀 소리에 음정 박자 무너지고
끝내는 목소리까지 잦아들어서
시험은 시험대로 망치고 망신은 망신대로 당했죠 뭐.

이번 미용사 자격증 시험도 벌써 세 번째 도전이에요.
남자친구는 첫 번째에 떡 하니 붙었는데,
난 시험이랑 무슨 원수가 졌는지 죽어라 붙질 않네요.
우린 둘 다 유명한 헤어 디자이너가 되는 게 꿈이에요.
남자친구는 나중에 결혼하면 부부 헤어숍을 하자고 하는데,
이렇게 뒤처져 따라가지도 못하고 있으니 걱정입니다.

오늘은 같이 연습용 가발을 사러 왔어요.
남자친구가 자기가 개발한 신기술이 있다고
시범을 보여주겠고 해서요.

이런 남자친구를 보고 있으면
부럽기도 하고, 부족한 내가 초라해 보이기도 하고...
여러 감정이 교차해요.
남자인데도 얼마나 손재주가 좋은지 몰라요.
그리고 가발 하나 고르는 데도 정말 꼼꼼하죠.
나랑은 차원이 다르다니까요.

드디어 마음에 드는 가발을 찾은 모양이에요.
계산을 하려는데 주인아저씨 통화가 길어지시네요.
"그 앞에 새로 생긴 치과, 거기 가봐."
"미안해. 와이프가 이가 아프다고 해서... 시험 준비는 잘 돼가?"
와이프가 미용사라서 그런지
우리 같은 학생한테 관심을 갖고 잘 해주세요.
"네, 이번엔 꼭 붙을 거예요."
나 대신 자기가 대답을 하고 있습니다.
그러곤 계산하는 동안 살짝 문자를 보냈네요.
[네가 나 파마 해줄래? 그럼 내가 너 신부화장 해줄게.]
직접 실습용 모델이 되어주겠다는 말이겠죠, 이 말은.
이렇게까지 응원을 해주는데 떨어지면 어떡하죠?

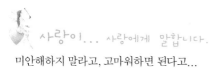

사랑이... 사랑에게 말합니다.

미안해하지 말라고, 고마워하면 된다고...

사랑이 사랑에게

괜찮지 않은 남자

괜찮을...까요?
폭설이 이렇게 쏟아지는데... 그녀는 괜찮은 걸까요?
지난여름 태풍이 왔을 때
그 늦은 시간에 그녀한테 전화가 왔었어요.
새벽 두 시 라디오 프로그램을 듣고 있었는데
"오빠, 미안한데... 지금 좀 우리 집으로 와줄 수 있어?"
그녀의 목소리는 다급했고, 두려움에 젖어 있었습니다.

종아리까지 차오르는 빗길을 헤치며 달려간 그녀의 집...
어머니는 망연자실해서
물에 잠긴 가재도구들을 손에 쥐고 멍하니 계셨고,
그녀는 그런 어머니를 끌어안고
혼잣말처럼 중얼거리고 있었습니다.
"괜찮아... 엄마... 괜찮아... 엄마..."
도대체 뭐가 괜찮다는 건지... 어떻게 괜찮을 수 있다는 건지...

그녀는 늘 괜찮다고만 했습니다.
우리 엄마가 날 만나지 말라고 했을 때도 그녀는 그랬습니다.
"괜찮아... 오빠, 난 괜찮아... 오빠도 괜찮을 거야."
태풍이 지나간 후 어느 가을 날,
괜찮다는 말만 수백 번, 아니 수천 번 하고... 그렇게 떠나갔습니다.
어쩐지 그날 좀 이상했어요.

우리가 마지막 만나던 날
마시지도 못하는 술을 취할 때까지 마서대더니,
생전 가지도 않는 노래방엘 가자고 졸라댔습니다.
어려서부터 노래를 못해서
그게 늘 콤플렉스라고 말하던 그녀가,
가창 시험은 맡아놓고 꼴등이었다며
언젠가 반 친구가 배탈이 나서
자기랑 똑같은 점수를 받았을 때 빼고는
끝에서 일등을 놓친 적이 없다며 웃던 그녀가,
처음으로 내게 노래를 불러주었습니다.
눈물이 범벅이 되어 마스카라가 다 번진 얼굴로
"죽도록~ 사랑하면서~ 두 번 다시 만나지 못해~"
그리고 그날 이후로 정말 우린 두 번 다시 만나지 못했습니다.
전화번호도 바꾸고, 이사까지 가버렸거든요.
다시는 그녀가 아끼는 것들이
찢기고, 고장 나고, 흠집 나지 말아야 할 텐데...
이 눈 속에서
그녀는 꿋꿋하게 잘 버티고 있을까요?

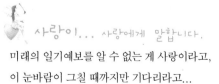

사랑이... 사랑에게 말합니다.

미래의 일기예보를 알 수 없는 게 사랑이라고,
이 눈바람이 그칠 때까지만 기다리라고...

사랑이 사랑에게

번역하는 남자

며칠 전에 일이 하나 들어왔는데,
이번에도 소설 번역이에요.
그런데 머리가 무거워서 아직 시작도 못 하고 있습니다.
어젯밤에 일을 시작해볼까 하고 책상 앞에 앉았는데
또 그 남자에게서 전화가 걸려오는 바람에 못 했어요.
가끔 만취 상태에서 전화를 걸어,
"민지니? 넌 내가 괜찮을 거라고 했는데... 난 안 괜찮다."
계속 이 말만 되풀이하다 끊어버리는 남자인데,
아마 이 번호의 전 주인이 '민지'라는 여자 분이었나 봐요.

몇 달 전에 휴대폰 바꾸면서 번호까지 바뀌버렸어요.
그녀를 향한 집착... 기다림...
뭐, 이런 무모함을 끝내고 싶어서요.
고 조그만 게, 날 옭아매고 꼼짝 못하게 하잖아요.
혹시 전화가 걸려오지 않을까 기대하게 만들고,
그녀와 함께한 순간들을 떠올렸다 지웠다 하게 만들고.
아마 그 전화기... 지금쯤은
그녀와 함께한 모든 추억이 삭제된 후
어느 중고 가게에 놓여 있거나, 아니면 새 주인을 만났겠죠.

다 지워졌을 거예요.
그녀의 이름,

그녀를 깨워주던 오전 6시 알람,
100일 되던 날 선물한 장미 스물다섯 송이,
처음 손잡은 놀이공원 벤치,
내가 번역한 책 앞에서 한 기념 뽀뽀...

지금 막 생각해봤어요.
'내가 왜 그 남자의 전화를
냉정하게 뚝, 끊어버리지 못하고 받아주는 걸까'에 대해서.
답은 하나네요.
어쩌면 그녀도 그럴지 모르니까...
예전 내 번호로 전화를 걸어
그렇게 넋두리를 늘어놓고 있을지 모르니까...
물론 그럴 리는 없겠죠.
하지만 왠지 그 남자의 전화를 받으면 그녀가 생각나요.
그리고 지금처럼 눈이 내리면 그녀가 생각납니다.
그런데 이 번호의 전 주인은 왜 전화번호를 바꿨을까요?
어쩌면 나와 같은 이유일지도 모르겠습니다.
이제 슬슬 일을 시작해야겠어요.

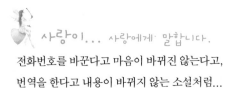

사랑이... 사랑에게 말합니다.

전화번호를 바꾼다고 마음이 바뀌진 않는다고,
번역을 한다고 내용이 바뀌지 않는 소설처럼...

얼굴 그리는 여자

이번 주말부터 구민회관에서 수채화 강좌를 들어요.
고등학교 때 미술 선생님이
그림에 재능 있다고 칭찬 많이 해주셨는데...
그 선생님이 그러셨죠.
그림은 나중에 얼마든지 다시 시작할 수 있다고.
그때 그 말이 얼마나 위로가 됐는지 몰라요.

미대에 가고 싶었는데 엄마가 반대하셨거든요.
그림 그리는 아빠 때문에
우리 엄마... 야쿠르트 배달부터 보험 설계사까지
안 해본 일 없이 고생 많이 하셨어요.
지금 내가 손가락 안에 꼽히는 번역 작가가 된 것도
모두 엄마의 고생 덕분이라는 거 알아요.
그래서 그동안 묵묵히 일만 한 거구요.

어, 지난번에 같이 작업한 출판사에서 연락이 왔네요.
소설 번역을 부탁해서
이번엔 안 되겠다고 정중히 거절했어요.
오랫동안 미뤄놓은 일이 있다고...
대신 다른 남자 번역가를 추천해줬습니다.
개인적으로 아는 사이는 아닌데,
얼마 전에 번역한 소설을 보니 느낌이 좋더라구요.

195 　　　　　　　　　　　사랑이 　사랑에게

요 며칠 그림 배울 생각을 하면 잠도 안 와요.
어제는 홍대 앞에 있는 화방에 가서
물감이랑 팔레트, 붓, 스케치북, 이젤 등
필요한 준비물을 장만했는데, 너무 좋아서 울 뻔한 거 있죠.
이렇게 행복한 일이 내게 남아 있다는 게 너무 고마워요.
사실 요즘 좀 불행했거든요.
얼마 전에 사귀던 사람이랑 헤어져서 줄곧 아팠는데
물감을 보고 있으니까 거짓말처럼 다 나아버렸어요.
그런데 내가 사랑한 그 남자... 말이에요,
내가 아닌 다른 빛깔의 여자를 만나면
전혀 다른 빛깔의 남자가 될 수도 있겠죠?
친절하고 따뜻하고 애교 넘치는 남자가 될 수도 있겠죠.
그냥 그 사람 얼굴을 그리고 싶었어요.
그럼 내 마음에 걸려 있는 그 사람을
밖으로 꺼내놓을 수 있을 것 같아서...
그렇게 잊어보려구요.
내게 꿈을 찾아주고, 꿈처럼 사라져버린 그를.

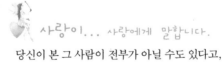

사랑이... 사랑에게 말합니다.

당신이 본 그 사람이 전부가 아닐 수도 있다고,
그 사람이 알고 있는 당신이 전부가 아니듯이...

연구를 시작한 남자

우리 아버지에게 기적이 일어났습니다.
여학교에선 졸업생이 찾아오는 일이 거의 없다는데,
드디어 그런 일이 일어난 겁니다.
얼마 전에 교무실로 아버지를 찾는 전화가 한 통 걸려왔대요.
8, 9년 전에 아버지한테 미술 수업을 받은 학생이라고 하면서...
사실 그때까지만 해도 기억이 가물가물했는데
며칠 후에 진짜 약속대로 그 학생이 학교로 찾아왔답니다.
그런데 신기하게도 얼굴을 보는 순간,
이름이랑 반이 다 기억나더래요.
미술에 재능이 많은 학생이었는데
어머님 반대로 결국 영문과에 간 것도,
아버지가 화가인 것도 다 기억이 나더랍니다.

춥지만 운동장이 내려다보이는 벤치에 앉아
따뜻한 커피를 한 잔 마시며
이런 저런 얘기를 나눴대요.
"그때 선생님이 해주신 말씀이 얼마나 힘이 됐는지 몰라요.
그림은 언제든 다시 그릴 수 있다고 해주신 말씀이요.
그래서 제가 다시 그릴 용기가 난 것 같아요."
그러다가 갑자기 아버지께 깜짝 고백을 했답니다.
"참, 선생님이 제 첫사랑인 거 아세요?"
이 말씀을 하시면서 얼마나 자랑스러워하시던지...

199

사랑이 사랑에게

그녀가 무슨 일을 하는지 궁금해서
명함이 있으면 한 장만 놓고 가라고 하셨대요.
그 명함을 나한테 보여주시네요.
프리랜서 번역 작가로 일하고 있나 봐요.
일이 있으면 한 번 맡겨보라고 하시는데,
도대체 영어 학원을 하는 내가 번역할 일이 뭐가 있다고...
아무래도 아버지 속마음은
그 제자를 며느리 삼고 싶으신 것 같아요.
그래서 내가 슬쩍 예쁘냐고 물었더니,
스승을 찾을 줄 아는 사람이면 됐지
뭐가 더 필요하냐고 하시네요.
그런 며느릿감만 데리고 오면 당장 오케이랍니다.
아버지가 저렇게까지 만족스러워하시는 걸 보니
한 번쯤 연락해서 만나보고 싶은 마음도 드네요.
운명이라는 게, 이렇게 우연히 찾아올 수도 있으니까요.
그런데 영어 학원에서 무슨 일을 맡기면 좋을까요?
우선 그것부터 연구를 해봐야겠습니다.

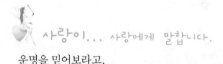

사랑이... 사랑에게 말합니다.

운명을 믿어보라고,
홍길동처럼 어디에서 불쑥 나타날지 모르는 게 운명이라고...

종소리 들은 여자

우리가 언제 사랑을 속삭이던 연인이었나요?
모든 게 참 부질없네요.
고백, 떨림, 사랑, 믿음, 약속...
그 뒤엔 거짓말처럼 차가워진 그의 말투와 심장...

며칠 전만 해도
이렇게 한 공간에 놓여 있다는 게 행복이었는데...
"시간을 갖자"는 말이 오가기 전만 해도
그가 마셨다 내쉰 공기를 내가 다시 마시고 내쉴 수 있다는 게
소중한 선물처럼 느껴졌는데...
그런데 지금은 바로 옆 자리에 앉아 있어야 하는 게
잔인한 고문이 되어버렸네요.
그의 숨소리가, 그의 손놀림이, 그의 목소리가
이렇게 크게 느껴질 수가 없어요.
내 마음에서 떠날 준비를 마친 그가 너무 크게 느껴집니다.

그와 마지막 전화 통화를 한 다음 날,
텅 빈 지하철을 타고 평소보다 일찍 출근했어요.
그리고 창가 쪽에 놓인 그의 책상에
참치 샌드위치와 딸기 우유를 하나 놓아두었습니다.
처음 그날처럼...
처음 내가 그에게 다가갈 때처럼...

사랑이 사랑에게

그런데 퇴근 후까지 고스란히 그 자리에 그냥 놓여 있더군요.

그래서 알았어요.

그는 이제 참치 샌드위치가 지겨워졌다는 걸,

딸기 우유 대신 바나나 우유나 초코 우유를 원한다는 걸...

무엇 때문일까요, 아님 누구 때문일까요...

도대체 이별은 어떻게 해야 덜 아프고, 덜 힘들 수 있을까요?

자꾸 눈물이 나려고 해서 창밖을 향해 고개를 돌렸습니다.

날이 찬데 벤치에 앉아 있는 미술 선생님이 보이네요.

같이 얘기를 나누는 분이

며칠 전에 교무실로 전화한 제자인가 봐요.

내가 그 전화를 받아 전해줄 때까지만 해도

우린 아무 일도 일어나지 않은 평범한 연인이었는데...

시험 감독 들어가야겠어요.

기말고사 기간이거든요.

종이 울립니다. 시작을 알리는 종...

그리고 우리 사이엔 끝을 알리는 종...

 사랑이... 사랑에게 말합니다.

매달리지 말라고,

어차피 해야 될 이별이라면 후회 없는 모습으로 보내주라고...

심심하지 않은 여자

귀엽고 엉뚱한 내 남자친구,
만나기만 하면 장난치느라 정신이 없어요.
한 번은 길거리에서 오뎅을 먹다 말고
갑자기 얼굴을 내 코앞까지 들이밀더니 그러는 거예요.
"내 여자친구 눈은 어쩜 이렇게 맑고 깊을까? 깊은 호수 같네~"
순간, 장난인 줄 알면서도 얼굴이 빨개졌습니다.
그러자 더 신이 나서는 이렇게 말했습니다.
"소방차 불러야겠네. 자기 얼굴에 불났어!"

또 언젠가 눈 오는 날엔
긴 우산을 접어 다리 가랑이 사이에 끼우더니
그게 요술 지팡이라면서 나보고 뒤에 타라는 거예요.
그런데 정말 사랑의 힘은 무섭더라구요.
그 우스꽝스러운 장난에 내가 동참을 한 거 있죠.

또 며칠 전엔 기말고사가 끝나 극장에서 만났는데,
우리 학교 수학 선생님이 다른 여자 분이랑 극장에 왔더라구요.
영어 선생님이랑 사귄다는 소문이 자자한데...
그래서 내가 그 얘길 해줬더니,
갑자기 탐정 흉내를 내면서
자료 사진을 남겨야 한다고 난리 치는 걸
겨우 말렸다니까요.

사랑이 사랑에게

그래놓고는 무서운 영화 못 본다고 부들부들 떠는 거 있죠?
그 모습이 얼마나 귀엽던지...
캐릭터 인형으로 만들어서 가방에 달고 다니고 싶더라구요.
휴대폰에도 달고, 주머니에도 넣고...

우울한 일이 있을 때 보라고 그가 보내준 핸드폰 사진들을 보면
정말 웃지 않을 수가 없어요.
두 눈을 가운데로 뿅~ 모으고 찍은 사진은 기본이구요,
아침밥을 먹다가 김을 이에 붙이고
"히~" 하고 웃는 사진부터
하트 모양 초콜릿을 눈에 붙이고 찍은 사진까지
엽기적인 아이디어도 무궁무진하죠.
그래서 같이 있으면 심심할 틈이 없다니까요.
이만하면 내 남자친구 백만 불짜리 남친 아닌가요?

 사랑이... 사랑에게 말합니다.
지금의 풋풋한 감정을 저장해두라고,
세월이 가고 나이가 들어도 기억해낼 수 있도록...

초콜릿을 얼려버린 남자

"시간 없으니까 다음에 하자."
입버릇처럼 늘 그녀에게 하던 말인데...
이상하게 그녀가 없어진 공간에선 남는 게 시간뿐이네요.
생각해보니... 그녀에게 해준 게 하나도 없는 것 같아요.

올 여름에 바나나 보트 한 번 타는 게 소원이라고
귀에 못이 박히도록 얘길 했는데...
난 그때도 바나나 한 다발을 안겨주며 그랬어요.
"바빠서 타진 못하니까 먹기라도 해."
우리 집 식구가 좀 엉뚱한 구석이 있는데
나도 어쩔 수 없이 그 피를 물려받은 것 같아요.
동생 녀석도 여자친구가 있는데,
어떻게 하면 여자친구를 웃길 수 있을까
매일 그것만 연구한다니까요.
밥 먹다 말고 앞니에 김을 붙이고 사진을 찍질 않나,
아무튼 여자친구를 재밌게 해주기 위해 사는 녀석이에요.
솔직히 가끔 그런 동생이 한심해 보이기도 했어요.
그런데... 지금은 난 왜 동생처럼 하지 못했을까 후회가 됩니다.

그녀가 또 하고 싶어 하던 일이 있어요.
드라마 세트장에 구경 가는 거요.
친구들이 다녀와서는 재미있었다고 자랑을 했나 봐요.

그 이후로 얼마나 세트~ 세트~ 하고 노랠 하던지,

그런데 그때도 난 그녀에게 그랬어요.

"이거 귀고리랑 반지랑 세트야. 이 세트로 대신하자. 응?"

물론 착한 그녀는 웃으며 내 선물을 받아주었지만

아마 마음에선 눈물이 뚝뚝 떨어졌을 겁니다.

그녀가 내게 원한 건

인터넷 주문해서 산 선물이 아니라, 나의 시간이었을 테니까요.

그런데 난 그녀에게 늘 그 대신의 것을 내밀었습니다.

그녀는 마지막까지도 자신의 시간을 선물했는데 말이에요.

직접 만든 초콜릿을 내밀며

그 하트 초콜릿이 다 녹을 때까지만,

그때까지만 날 그리워하겠다고 했습니다.

그래서 그 초콜릿 상자... 아직까지 열어보지 못했어요.

혹시 녹아버리기라도 했을까 봐 겁이 나서

차마 열 수가 없더라구요.

그래서 그냥 상자째 냉동실에 넣어두었습니다.

영원히 녹지 않도록...

 사랑이... 사랑에게 말합니다.

달려가 딱딱하게 얼어붙은 그녀의 심장을 녹여주라고,

아직 녹지 않은 초콜릿을 믿어보라고...

사랑이 ♥ 사랑에게

아바타를 사랑하는 여자

"남자친구 있어?"

"당연하지. 키가 180이구, 몸짱 얼짱에다 매너도 끝내줘."

"뭐 하는 사람인데?"

"파일럿~ 그래서 주로 해외에 있어. 비행이 많거든."

"그럼 선물도 많이 받겠네?"

"선물? 아, 내가 그런 명품 같은 거 안 키우잖아. 그래서 없어."

"그럼 너도 곧 하겠네. 나, 다음 주에 결혼해."

방금 전 오랜만에 전화를 걸어

결혼한다는 소식을 알리는 친구와 통화한 내용입니다.

왜 자꾸 이런 거짓말을 하게 되는지 모르겠어요.

사실 파일럿은 내 남자친구가 아니고

대학 동창 '다미' 남자친구예요.

언제부터인가 남자친구 없다고 하면 다들 날 무시하는 것 같아서...

물론 자격지심이겠죠.

그래도 어쩔 수 없이 그런 생각이 들어요.

다미 얘기가 나와서 말인데요,

주위 친구들이 되게 부러워해요.

남자친구가 비행 다녀올 때마다

다미의 명품 가방이 하나씩 늘어가거든요.

이번 주엔 시드니에 갔다고 하던데, 그럼 가방이 하나 더 늘겠죠?

그런데 다미는 남자친구가 국내에 별로 없는 게 불만이에요.
바쁘고 피곤하니까 데이트하는 것도 미안하대요.
거기에서 착안해 바로 내 아바타 남자친구를 만든 거예요.
아무도 본 사람은 없고, 남자친구는 있다고 우기고...
그러니까 사람들이 그러더라구요,
"너~ 아바타랑 사귀지?"

그런데 문제는 가끔 나도 헷갈린다는 거예요.
나한테 진짜 파일럿 남자친구가 있는 것 같은 착각이
풍선처럼 들 때가 있다니까요.
친구들하고 갔다 온 드라마 세트장을
남자친구랑 같이 갔다 온 것 같기도 하고...
친구가 남자친구 준다고 초콜릿을 만들고 있으면
왠지 나도 같이 만들어서 갖다 줘야 할 것 같고...
아무래도 내가 제정신이 아닌가 봐요.
얼른 정신 차리고,
결혼식에 입고 갈 정장이나 한 벌 사러 나가야겠습니다.
언제쯤 나에게도 아바타가 아닌 실존 남자친구가 생길까요?

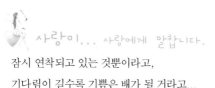

사랑이... 사랑에게 말합니다.

잠시 연착되고 있는 것뿐이라고,
기다림이 길수록 기쁨은 배가 될 거라고...

사랑이 사랑에게

스카프가 잘 어울리는 여자

자꾸만 두리번거리게 돼요.
이제 그의 마중 같은 건 없다는 걸 알면서도
녀석이 슈퍼맨처럼 나타나, "많이 피곤하지?" 하면서
내 빨강 캐리어를 차에 실어줄 것만 같습니다.

한 달 전쯤인가,
공항에 마중 나온 녀석하고 저녁을 먹었어요.
인천에 있는 어느 횟집에 갔는데
내 앞접시에 매운탕을 떠주면서 덤덤하게 그러더군요.
"내 얼굴 실컷 봐둬. 몇 년은 못 볼 테니까. 나, 유학 간다."
가지 말라고 붙잡고 싶었지만
생각해보니 나한테 그럴 권리가 없더라구요.
우린 친구니까...
그러기로 했으니까...
그래서 나도 아무렇지도 않은 척,
뚝배기에 끓여 나온 매운탕 국물을 숟가락으로 떠먹으며 그랬어요.
"아~ 맛있다! 돌아오는 날 연락해. 그땐 내가 너 마중 나갈게."

그런데 며칠 전, 시드니행 비행기에서 녀석을 만났어요.
내가 선물한 야구 모자를 깊게 눌러쓰고는
G열 42번에 앉아 있더라구요.
"야~ 어떻게 된 거야? 내 비행 스케줄 알고 그런 거야?"

"네 배웅 받으면서 가려구...
이러면 네가 날 시드니까지 데려다주는 거잖아."

이런 녀석이,
이렇게 사랑스러운 녀석이,
왜 그런 시퍼런 멍 자국을 가슴에 안고 살아가야 하는지...
환한 미소 속에 감춰진 녀석의 슬픈 눈을 볼 때마다
난 녀석도 미워하지 않는 녀석의 어머니가,
그 어린 녀석을 두고 집을 나가버린 어머니가,
밉고 야속합니다.
저기, 부기장님이 차를 세우더니 타라고 손짓을 하네요.
시드니에서 애인 가방 산다고 해서
쇼핑을 좀 도와줬더니 고마워서 그런가 봐요.
그를 너무 먼 곳에 내려주고 온 건 아니겠죠?
그가 시드니 공항에 내리면서
마지막으로 한 말이 귓가에 맴돕니다.
"너, 그 스카프 정말 잘 어울린다!"

사랑이... 사랑에게 말합니다.
이젠 겁내지 말고 고백하라고,
이미 우정이 아닌 사랑이 되어버린 그 마음을 얘기하라고...

탁구 치는 남자

만화책을 빌려왔어요.
요즘 기분이 좀 다운돼서
황당하고 엽기적인 만화를 보면 기분이 좀 업될까 해서요.
탁구부를 중심으로 이야기가 전개되는 만화인데,
순정만화만 읽던 그녀에게 내가 처음 추천해준 만화기도 합니다.

그녀와 난 만화방에서 만났어요.
우리 동네에 딱 하나밖에 없는 만화방에서
내가 아르바이트를 했거든요.
취직도 안 되고, 집에 있는 것도 눈치 보이고...
그래서 좋아하는 만화나 실컷 보면서 용돈이나 벌어 쓰자,
그런 마음에서 시작했는데
거기에서 그녀를 만난 거죠.

어느 날, 친구와 다퉜는지 아니면 남자친구와 헤어졌는지
어둡고 습한 얼굴을 하고 와서는 만화를 고르고 있더라구요.
그때 내가 그녀에게 추천해준 게 바로 이 만화예요.
"이거 한 번 읽어보세요. 후회 안 하실 거예요!"
며칠 후 그녀가 환해진 얼굴로 다시 와서는 그러더군요.
"매운탕 좋아하세요? 끝내주는 데 있는데... 후회 안 하실 거예요."
그날 밤, 우린 인천 앞바다가 훤히 내다보이는 횟집에 앉아
동이 틀 때까지 만화 얘길 했어요.

그 이후로 우린 그 뚝배기 매운탕을 세 번 더 함께 먹었고,
그리고 연인이 되었습니다.

이렇게 시작된 우리의 러브 스토리는
다음, 탁구장으로 이어졌어요.
둘이서 탁구부를 결성한 거죠.
기왕 시작한 거 제대로 배워보자고 레슨도 받았습니다.
그때 우리를 가르쳐주신 코치 분이 이런 얘길 한 적 있어요.
"어설프게 칠 줄 아는 사람이 가르치기 제일 힘들어요.
자세가 이미 몸에 배어버려서 교정하기 힘들거든요.
차라리 탁구채를 처음 쥐어보는 초보가 실력이 빨리 늘어요."
그러면서 탁구도 자전거나 수영처럼
한 번 배우면 평생 잊어버리지 않는다고 했죠.
사랑도 그런 것 같아요.
이미 몸에 배어버린 사랑이 있으면
새로운 사랑을 받아들이는 데 시간이 좀 걸리잖아요.
지우고 다시 시작해야 하니까... 처음부터.
그런데, 평생 기억되면 어떡하죠?
가슴에 너무 진하게 배어버린 그녀가.

사랑이... 사랑에게 말합니다.
지우려고 애쓸수록 번져가는 게 그리움이라고,
스스로 옅어지기를 기다리라고...

사랑이 사랑에게

걱정이 많아진 남자

말도 안 돼요. 그럴 리가 없어요!
내가 눈이 얼마나 높은데,
그리고 일단 나보다 나이가 많잖아요.
연상... 이거 절대 내 체질 아니거든요.
그런데 어제 성진이 녀석이 글쎄, 내가 누나를 좋아한다잖아요.

난 단지 정말 순수하게 장난으로
소개팅 하고 있는 누나한테 한 번 가보자고 한 것뿐인데,
녀석들이 오버하면서 나보고 질투한다고 그러잖아요.
그러더니 성진이가 물었습니다.
"야, 그리고 누나가 어디에 있는 줄 알고 우리가 가냐?"
"누나 가는 데 뻔하지. 그 부대찌개 집에서 밥 먹을 거고,
다음엔 우리랑 자주 가는 보드 게임방이나 그 바에 갔겠지. 지니~"
누나가 자주 가는 바가 있는데, 이름이 '지니'거든요.
내 대답에 말수 적은 성원이마저 나서서는 한마디 합니다.
"야, 너 누나 스케줄 쫙 꿰고 있네. 좋아하는 거 맞네.
그리고 너 그거 아냐? 누나만 있으면 우리 의견은 묻지도 않고
무조건 낙지볶음이나 오징어볶음으로 먹으러 가는 거."
"그건 어디까지나 연장자 우대의 법칙에 입각해서..."

그런데 사실 어제는... 좀 궁금하고 걱정되긴 했어요.
누나가 소개팅에 나갈 땐 어떤 모습으로 나가는지,

그리고 이번엔 좀 괜찮은 남자를 만났는지...
아마 직접 내 눈으로 보고 싶어 한 것 같아요.
누나가 영~ 남자 보는 눈이 없거든요.
그동안 만난 남자들 얘길 들어보면,
대부분 결혼과는 거리가 먼 비현실적인 남사들뿐이에요.
한 번은 만화방에서 아르바이트 하는 남자를 사귄 적도 있고,
그 전엔 뮤지컬 단역 배우를 사귄 적도 있대요.
물론 직업에 귀천이 있는 건 아니지만,
난 누나가 안정적인 직업을 가진 남자를 만나면 좋겠거든요.
그리고 소개팅 한 남자한테 연락이 오면
마음에 안 들어도 거절 못 하고 만나는 그 성격도 마음에 안 들어요.
아니 그런데 지금 내가 왜, 무슨 자격으로,
그런 걸 마음에 안 들어하는 거죠?
아무튼 현실 감각이라고는 눈곱만큼도 없는 누나가
요즘 들어 자꾸 신경 쓰이는 건 사실입니다.
아무래도 누나가 만화를 너무 많이 봐서 그런 것 같아요.
이제 만화책 같은 것 좀 그만 보라고 해야겠습니다.

사랑이... 사랑에게 말합니다.

험한 세상에 보호막이 되어주고 싶은 건 사랑이라고,
걱정이 되고 안부가 궁금해지는 건 사랑이라고...

사랑이 사랑에게

거짓말해버린 여자

아직 난 끝나지 않았는데, 그는 서둘러 떠나가고 있습니다.
잠깐 혼들린 건... 인정해요.
자존심이 상했을 거라는 것도,
나의 거짓말이 상처가 됐을 거라는 것도 다 인정해요.
하지만 한 순간도 내 마음을 자기한테 다 내어준 적이 없다는,
우리가 함께한 시간을 송두리째 부정하는
그 말만큼은 인정할 수가 없습니다.

애기하지 않고 만나러 나간 건
그냥... 일을 크게 만들고 싶지 않아서였어요.
입장을 바꿔놓고 생각해봤어요.
만약 그 사람이 옛 애인을 딱 한 번 보고 싶어 한다면,
그렇다면 난 그냥 모르는 게 좋을 것 같았습니다
그런데 하필이면 그때
카페 앞을 지나가던 그의 친구가 날 본 모양이에요.
그날 밤 집 앞으로 찾아온 그는
다른 남자의 차에서 내리는 나를 멀리서 지켜봤고,
그의 차가 멀어지자 내게 전화를 했습니다.
그때라도 사실대로 말했으면 여기까지 오진 않았겠죠.
난 친구 회주를 만나고 집에 들어가는 길이라고 거짓말을 했고,
그런 내 앞에... 그가 나타났습니다.
그러곤 처음으로 마음속에 있던 애기들을 털어놨습니다.

옛사랑을 잊지 못하는 나 때문에 늘 외로웠다고...
그 남자가 어떤 남자인지 부럽고 궁금해서
나 몰래 내 친구들에게 물어본 적도 있다고...
그 얘길 하는 그의 눈동자는 촉촉하게 젖어들었습니다.

그날 이후 두 달이 지났어요.
난 연락할 수 없었고, 그는 연락하지 않았습니다.
들리는 소문에 의하면
아마 요즘 소개팅에 빠져 지내는 모양이에요.
대학로에서 아는 언니가 작은 바를 하는데,
소개팅 하는 여자마다 거길 데리고 간대요.
어제도 지니 언니한테 문자가 왔습니다.
[세상 정말 좁다. 우리 단골손님하고 소개팅 한 거 있지?
지금 여기 와 있다. 이러다 느이들 진짜 끝나는 거 아니니?]
그는 왜 그 많은 곳을 두고 거길 찾아가는 걸까요?
자신의 방황이 나에게 전해지기를 바라는 마음에서일까요?
그렇다면... 아직 우리에게 희망이 남아 있는 걸까요?

사랑이... 사랑에게 말합니다.
더 미안해하기를 바라고 있었는지도 모른다고,
너무 빨리 포기해버린 사랑을 원망하고 있을지도 모른다고...

사랑이 사랑에게

독립적인 여자

며칠 전에 연경이한테 전화가 왔어요.
"아는 언니가 태국에서 가이드 하는데,
비행기 표만 끊어서 오면 나머진 다 알아서 해준대. 갈 거지?"
그래서 당연히 무조건 좋다고 했죠.
연경이, 기형이, 동순이, 나...
우린 고등학교 때부터 붙어 다니는 사총사거든요.

그런데 이제 사귄 지 한 달밖에 안 되는 남친이
감히 우리의 우정에 도전장을 내밀고 있습니다.
친구들하고 태국에 놀러 가기로 했다니까,
어떻게 자기랑 상의 한 마디 없이
그런 일을 결정해버릴 수가 있느냐면서
마치 몇 년 사귄 남자친구처럼 구는 거 있죠?
아니, 어디로 몇 년 유학을 가는 것도 아니고,
설사 유학을 간다고 해도 그렇죠.
내 인생이 걸린 문젠데
내가 왜 한 달 사귄 남자친구한테 그런 걸 의논해야 하느냐구요.
게다가 옛날 남자친구한테도 그랬냐면서
은근슬쩍 과거사에 대해서도 궁금증을 표하는 거 있죠?
과거에 집착하는 남자, 이건 진짜 아니라고 봐요.

예전에 친구 남자친구가

나한테 친구의 옛 남자에 대해 물은 적이 있어요.
그때도 난 그 사람한테 따끔하게 충고해줬어요.
과거에 집착하는 사랑은 미래가 없다구요.
그런데 얼마 전에 진짜 헤어졌다는 소문이 났더라구요.
괜한 말을 한 것 같아서 찔리긴 했지만
어쨌든 내 충고가 들어맞은 건 사실이잖아요.
사귄다는 이유로 서로의 삶에 너무 깊이 개입하려고 하는 건
헤어진 이후를 생각하지 못하는 우매한 행동이라고 생각합니다.
각자 만나고 싶은 친구 있으면 만나고
따로 여행 가고 싶으면 가고
그러면서도 얼마든지 사랑을 키워나갈 수 있잖아요.
아무리 남자친구라고 해도
사사건건 보고하고 허락받을 이유는 없다고 생각해요.
내가 내 돈 들여서, 내 발로, 내 친구들하고 놀러 간다는데
뭐가 잘못인지 도통 모르겠습니다.
자유가 사라지면
사랑도 구속이 된다는 걸... 왜 모르는 걸까요?

사랑이... 사랑에게 말합니다.
너무 꼿꼿한 사랑은 부러지기 쉽다고,
진정한 사랑을 만나면 기대고 싶어질 거라고...

방바닥에 누운 남자

또르르 똑똑...
천장에서 물이 새서 세숫대야를 받쳐뒀더니
빗방울이 플라스틱에 부딪혀 소리가 납니다.
날이 풀리면서 어제 내린 눈이 녹고 있나 봐요.
조용한 방 안에 소리라고는
시계 초침 소리랑 세숫대야에 물 고이는 소리뿐이네요.
얼마 전에 이사하면서 다 버렸거든요.
텔레비전도 버리고, 침대도 버리고, 책상도 버리고...
다 버리고 나면
새 것을 담을 수 있는 여유가 생길 줄 알았습니다.
그런데 그것도 아닌 것 같아요.
물건을 버린다고 마음이 버려지는 건 아닌 것 같아요.
지금 방 안에 남은 건 달랑 컴퓨터 한 대랑 행거뿐입니다.
물론 깔고 덮고 자는 이부자리는 있죠.
이건 어머니께서 사주신 거니까요.

고시원에 있다가 작은 옥탑 방 하나를 얻어서 나올 때,
책상이랑 텔레비전은 중고로 사고
침대는 그녀가 선물해줬어요.
그리고 액자에 자기 사진을 한 장 넣어
보너스라면서 머리맡에 놓아주었죠.
그 사진을 다시 가져가던 날... 그녀가 떠나갔어요.

이유 같은 건 묻지 않았습니다.
이유를 안다고 변해버린 마음이 되돌아오는 건 아니니까요.

겨울잠을 자는 것도 아니고,
며칠째 방바닥에 누워 천장만 쳐다보고 있어요.
정말 한심한 노릇이죠.
문득 작년 여름에 그녀와 태국에 놀러 간 일이 생각나네요.
그녀 대학 동기가 태국에서 가이드를 하고 있어서
한 번 놀러 오라고 노래를 불러댔거든요.
아마 타국에 혼자 있으니까
아는 사람이 놀러 오면 그렇게 좋은가 보더라구요.
덕분에 저렴한 경비로 재밌게 놀다 왔는데...
올해도 그녀는 또 태국에 갔을지 모릅니다.
작년에 돌아오면서 내년에도 또 오겠다고 친구와 약속했거든요.
어쩜 동생 연경이랑 같이 갔을지도 모르겠네요.
그녀를 향한 그리움이 녹아내려
또르르 똑똑...
마음에 한 방울씩 고여가는 것 같습니다.

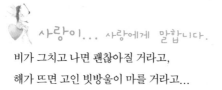

사랑이... 사랑에게 말합니다.

비가 그치고 나면 괜찮아질 거라고,
해가 뜨면 고인 빗방울이 마를 거라고...

집을 갖게 된 여자

오늘 아침, 기절할 일이 벌어졌어요.

엄마가 해준 따뜻한 밥하고 된장찌개를 먹고 있는데

문득 자취한다고 한 그 남자 말이 생각나는 거예요.

그러면서 스치는 황당한 생각!

반찬이라도 좀 싸다줄까?

그리고 출근을 하는데,

어느 집 앞에 책상이랑 텔레비전이랑 침대가 버려져 있더라구요.

그 순간 또 드는 어처구니없는 생각!

새 것 같은데... 가져다줄까?

아니지, 기왕 주려면 새 걸 사줘야지!

언젠가 사무실에서 김 대리한테 하는 얘길 얼핏 들었거든요.

"디브이디 플레이어는 친구가 줘서 있는데

텔레비전이 없어서 영화를 못 보네. 극장에 같이 갈 여자도 없고."

그 남자가 불쑥불쑥 생각나는 건 오늘뿐만이 아니에요.

어젯밤에도 양치질을 하는데

"그 덧니~ 혹시 귀여운 줄 아는 거 아니에요?" 하고

내 덧니에 태클을 걸어오던 그 남자 표정이 떠오르더라구요.

그런데 더 기가 막힌 건 내 입가에 미소가 번지고 있었다는 겁니다.

아무래도 그의 태클에 완전 길들어버린 것 같아요.

이젠 아무 일 없이 하루가 조용히 지나가면

은근히 섭섭하고 그의 태클이 기다려지기까지 한다니까요.

사랑이 ❤ 사랑에게

만약에... 그 사람과 내가 사귀게 돼서
친구들한테 남자친구라고 소개해주면
와우, 상상만 해도 끔찍합니다.
그동안 내가 친구들한테 한 짓이 있거든요.
친구들이 남자친구 생겼다고 소개해줄 때마다
완전 아저씨 타입이라느니, 없어 보인다느니 하면서
칭찬한 적이 한 번도 없거든요.
벌써부터 친구들의 비웃음이 들려오는 듯합니다.
아니, 그런데 내가 지금 무슨 상상을 하고 있는 거죠?
그 남자와 내가 사귀다니요?
내가 정신이 나간 게 틀림없습니다.
그 남자... 완전 아저씨 타입이거든요.
살짝 벗겨진 머리에, 두둑한 뱃살에, 말투까지...
아마 돌 사진을 봐도 아저씨 타입일걸요.
아무래도 그가 내 머릿속에다 집을 짓고 있는 것 같아요.
처음엔 방만 한 칸이었는데 이젠 거실에 마당까지...
정말 어떻게 해야 할지 모르겠습니다.

사랑이... 사랑에게 말합니다.
이상형은 이상형일 뿐이라고,
현실에선 정반대의 사람을 사랑할 수도 있다고...

귀가 얇은 여자

다시 생각해보니 괜찮은 것 같기도 해요.
복숭아 뼈가 다 보이도록 껑충하게 입은 바지가 촌스럽긴 했지만
뭐, 그래도 다리가 기니까 그럭저럭 봐줄 만했어요.
그리고 바짓단이 땅에 끌리는 게 싫어서
짧은 바지를 선호한다니까
일단 성격은 깔끔할 거 아니에요?
내가 '깔끔'하고는 좀 거리가 머니까
남자친구가 깔끔해주면 좋죠 뭐.
양파랑 완두콩 문제도 그래요.
어쩌면 양파랑 완두콩에 얽힌 슬픈 사연이 있을지도 모르잖아요.
양파를 먹으면 온몸에 두드러기가 난다거나
완두콩을 먹으면 픽, 하고 쓰러지는 희귀병을 앓고 있다거나...

소개팅 하고 두 번째 만나는 날이었어요.
친구들하고 자주 가는 카페에 갔다가
거기에서 우연히 현진이를 만났습니다.
일 때문에 그 카페에서 누굴 만난 모양이더라구요.
난 그냥 인사만 하고 헤어지려고 했는데,
그 남자가 갑자기 끼어들어서는
"괜찮으시면 같이 식사라도 하고 가세요.
신희 씨한테 점수 따려면 친구 분한테도 잘 보여야 하잖아요.
덧니가 참 매력적이십니다."

사랑이 사랑에게

이런 아부성 멘트까지 날리면서 현진이를 붙잡았습니다.

사실, 나도 현진이 눈에

그 남자가 어떻게 보일까 궁금하기도 했어요.

그래서 식사 주문을 해놓고,

잠깐 화장실에 갔다 오면서 현진이한테 문자를 보냈습니다.

[저 남자 어때?]

[너 화장실 간 사이에 볶음밥에 있는 완두콩이랑 양파 골라내느라
정신없더라. 친구, 눈 좀 높이게나~]

그래서 바로 그날로 정리해버렸어요.

세 번째 만나는 일은 없을 것 같다고...

내가 귀가 워낙 얇아서 남의 말에 이랬다저랬다 잘 그러거든요.

그래놓고 꼭 후회를 하죠, 지금처럼.

괜히 현진이 말만 듣고 성급하게 군 것 같아요.

사람을 겉모습만 갖고 판단한 것 같습니다.

그냥 모르는 척하고 뻔뻔하게 다시 연락을 해볼까요?

세 번째 만나는 일이 있어도 될 것 같다구요.

 사랑이... 사랑에게 말합니다.

다른 사람 말에 휘둘리지 말라고,

사랑에 대한 정답은 자신만이 가장 정확하게 알고 있다고...

SOS 요청을 받은 남자

여기는 한강이 내려다보이는 고층 카페예요.
이 멋진 카페의 주인이 바로 내 친구요.
부모 잘 만나서 폼 나게 사는 놈이죠.

이 멋진 놈이 얼마 전에 내게 SOS 요청을 해왔습니다.
"야, 네 볶음밥 솜씨 아직 죽지 않았지?"
지금은 음료만 팔고 있는데,
요즘 들어 부쩍 식사 되냐고 묻는 손님들이 많아졌다면서
와서 도와달라고 하더군요.
그런데 막상 누군가한테 돈을 받고
내 요리를 판다고 생각하니 자신이 없었어요.
그래서 그녀에게... 고민 상담을 했습니다.
"같이 일해보자는데 어떡하지?"
"오빠 마음속엔 벌써 해보겠다고 결정했네 뭐.
혹시 나한테 오빠 볶음밥이 세상에서 제일 맛있다는 말이라도
듣고 싶은 거야? 그럼 자신감이 생길 것 같아서?"

그녀는 늘 이렇게 1밀리미터의 오차도 없이 내 마음을 읽어냅니다.
그런 그녀가... 내 마음을 모를 리가 없죠.
아는 척해서도
아니 알아서도 안 되는 마음이니까...
모르는 것뿐일 겁니다.

227   사랑이 ♥ 사랑에게

저기 오디오 앞에서 CD를 바꿔 걸고 있는
이 카페 주인이자 나의 친구인 저 녀석이
그녀의 남자친구거든요.

저기 창가에 앉은 남자 손님이
볶음밥에 들어 있는 양파랑 완두콩을 골라내고 있네요.
기억해뒀다가 다음에 오면 빼고 만들어줘야겠습니다.
볶음밥 메뉴가 예상보다 훨씬 반응이 좋아서 다행이에요.
이제 막 맛있다고 입소문도 나는 것 같고...
그래서 새로운 메뉴를 몇 가지 더 개발하려구요.
우선 버섯 볶음밥을 추가할까 생각 중이에요.
지난번에 병원에 입원했을 때,
저 녀석이랑 같이 병문안 오면서
그녀가 병원 밥 질릴 거라며 만들어 왔거든요.
그 마음이 얼마나 고맙던지 눈물이 다 날 뻔했습니다.
지금까지 그 맛을 잊을 수가 없어요.
저 손님이 골라낸 양파처럼, 완두콩처럼...
이제 그녀를 내 마음에서 골라내야 하는데... 그래야 하는데...
그게 마음처럼 잘 안 됩니다.

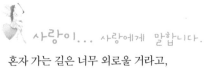
사랑이... 사랑에게 말합니다.
혼자 가는 길은 너무 외로울 거라고,
누군가와 손잡고 같이 갈 수 있는 길을 찾아보라고...

사과 깎는 여자

한 번만 찾아와달라는 그의 부탁을
차갑고 냉정하게 외면할 수는 없었어요.
"미안하다. 이런 부탁 하게 돼서...
우리 엄마... 자꾸 널 기다리시는 것 같아.
네가 깎아주는 과일 좋아하셨잖아.
와서 사과 한 접시만 깎아주고 가면 안 될까."
나에게 바라는 게,
다시 만나달라는 것도 아니고
고작 사과 한 접시라는데...
어떻게 그걸 거절할 수 있겠어요?

다음 날, 병원 로비에서 만나 병실까지 가는 동안
우린 둘 다 한 마디도 하지 않았어요.
엘리베이터에 같이 탄 사이좋은 커플의 대화를 들으며
서로 빙긋 하고 한 번 웃은 게 전부였습니다.
"왜 민기 오빠를 주라는 거야?
난 오빠 주려고 비싼 버섯까지 넣고 만들었는데."
"오늘은 그냥 민기 주려고 만들어왔다고 해.
부탁입니다, 공주님~"
그러더니 우리보다 먼저 복도에서 사라져버렸습니다.
그 민기라는 친구는 아무것도 모르는 채
그 볶음밥을 맛있게 먹었을까요?

사랑이 사랑에게

우리가 헤어졌다는 사실을 모르는 어머니께서
날 반갑게 맞아주신 것처럼...

어머니는 날 보자마자 눈물이 그렁그렁하시더니
내 손을 꼭 잡고... 그렇게 몇십 분을 가만히 계셨어요.
그러더니 내가 사 들고 간 사과 바구니를 보고 웃으셨습니다.
뇌경색으로 쓰러지셔서 말씀을 못 하시는데도
신기하게 눈으로 하시는 말씀을... 다 알아듣겠더라구요.
잡고 있던 왼손을 한 번 더 꼭 쥐며 날 바라보실 땐
마치 이렇게 말씀하시는 것 같았어요.
"내가 이렇게 됐다고 우리 선재하고 멀어지면 안 된다.
부탁이다. 네가 선재 옆에 있어다오."
그러더니 내가 깎아드린 사과를 포크로 찍어
아무 말 없이 드셨습니다.
순간, 콧등이 시큰해서 혼났어요.
참 이상해요.
홀어머니와 단둘이 사는 가난한 남자가 싫어서,
감당할 자신이 없어서 도망친 건데...
그런데 지금에 와서 마음이 흔들려요.
그가 뿌리쳐지질 않습니다.
내가 옆에 있어줘야 할 것만 같아요.
지금 내 마음이... 사랑일까요? 연민일까요?

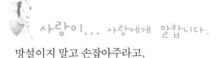
사랑이... 사랑에게 말합니다.

망설이지 말고 손잡아주라고,
그 사람의 불행이 가슴 저린다면 아직 사랑하는 거라고...

위풍당당한 남자

"오늘 영화 보기로 한 약속, 취소다!
딴 데로 샐 생각 하지 말고 곧장 집으로 가~ 알았지?"
위풍당당하게 여자친구와의 약속을 깨버리는 내 모습에
사무실 사람들 모두 경이로움을 표하고 있습니다.
"어떻게 하면 그렇게 될 수 있어?"
"길들이기 나름이지!"
우리 사무실엔 전부 남자들뿐입니다.
초소형 비행체를 만드는 벤처회사거든요.
그런데 어떻게 된 일인지
여자친구한테 꼼짝 못하는 족속들만 다 모아놨습니다.
한마디로 고양이 앞의 쥐 신세들이죠.

조금 전에 갑자기 추진된 신입사원 환영식 때문에
다들 난감해하고 있습니다.
여자친구와의 약속을 취소하는 일이
호랑이 굴에 들어가는 일보다 더 무서운 모양입니다.
왜 여자한테 질질 끌려 다니는지
정말 알다가도 모르겠습니다.
얘기 들어보면 인생들 불쌍해요.
주말에도 병든 닭처럼 꾸벅꾸벅 졸면서도
여자친구 뒤를 졸졸졸 쫓아다닌다잖아요.
나요? 난 절대 안 그러죠.

주말에 자고 싶은 만큼 실컷 자고 일어나서
여자친구를 우리 집 앞으로 오라고 하죠.
멀리 나가면 피곤하거든요.

다들 급한 프로젝트가 생겨서
야근을 하게 됐다고 둘러대고 있습니다.
그런데 신입사원은 혼자 뭘 저렇게 중얼거리는 거죠?
설마 신입마저도 애인한테 할 말을 연습하는 건 아니겠죠?
맥주 집으로 발걸음으로 옮기는 사무실 사람들 표정이
썩 밝지만은 않습니다.
회식을 끝내고 집으로 돌아가는 지하철 안,
옆에 앉은 남자가 또 남자 망신을 시키고 있네요.
차갑고 냉정하게 외면할 수는 없었어요.
"미안하다. 이런 부탁 하게 돼서..."
하도 작은 목소리로 얘길 해서 잘 들리진 않지만
남자가 여자한테 뭘 부탁하는 것 같습니다.
남자라면 부탁이 아니라 명령을 해야죠!
정말 답답하네요.
저러니까 여자들이 점점 기어오르는 거라니까요.

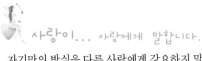
사랑이... 사랑에게 말합니다.
자기만의 방식을 다른 사람에게 강요하지 말라고,
사랑의 코드는 세상 모든 커플이 다 다른 거라고...

자기소개를 하고 싶은 여자

속상해요...
날 인정하지 않는 것까진 좋아요.
그래도 사람에 대한 기본적인 예의라는 게 있잖아요.
다들 한 통속이 돼서 날 완전 투명인간 취급하는데,
사람 바보 되는 건 한순간이더라구요.

어제 그 사람이 벼르고 별러온 자리를 마련했어요.
그런데 친구들 반응이 예상보다 훨씬 냉담했습니다.
마치 내가 전염병 환자라도 되는 듯 피해 앉더니
자기네들끼리만 부어라 마셔라 하고,
누구 하나 나한테 저녁은 먹고 왔는지 묻지를 않네요.
아니, 이런 따뜻한 관심은 바라지도 않아요.
적어도 친구가 여자친구라는 명목으로 누군가를 소개하면
이름 정도는 물어봐줘야 하는 거 아닐까요?
그런데 인사를 받아주는 사람도,
잘 왔다고 인사 한 마디 건네주는 사람도 없었습니다.
알아요.
다들 날 보면서 그녀를 생각하고 있었겠죠.
왜, 작은 소모임에서 사귀다 헤어지면
둘 중 하나는 한동안 그 모임에 잘 안 나오잖아요?
그의 전 여자친구인 그녀가...
지금 그런 상태겠죠.

어제처럼 비참한 날이 없었던 것 같아요.
자기소개를 하고 있는 옆 테이블의 남자가 얼마나 부럽던지...
그런 걸 부러워하게 될 줄 누가 알았겠어요?
신입사원 같은 그 사람의 말이 가슴에 와 박혔습니다.
"지낼수록 괜찮은 놈이라는 걸 보여드리겠습니다!"
내게도 기회를 준다면,
나에 대해서 말할 기회를 단 한 번만 준다면,
나도 말하고 싶었어요.
지금은 마음에 들지 않겠지만
지낼수록 괜찮은 사람이라는 걸 보여주겠다고,
마음을 아주 살짝만 열어달라고...
그런데 오해를 하고 있는 것 같아요.
나 때문에 그 사람과 그녀가 헤어졌다고...
그 사람과 그녀 사이에 얼마나 깊은 사랑이
얼마나 오랜 시간이 흘렀는지 모르겠지만,
적어도 친구들이라면
새로운 사랑을 만난 걸 축복해줘야 하는 거 아닐까요?
우리가... 앞으로 잘 될 수 있을까요?
이런 오해와 반대 속에서 우리의 사랑을 지켜낼 수 있을까요?

사랑이... 사랑에게 말합니다.

멀리 보라고,
그들이 그녀를 아끼듯 당신을 아끼게 될 거라고...

스크랩북을 받은 남자

설마 그런 줄은 몰랐죠.
그녀도 나처럼 장난인 줄 알았어요.
날 마음에 두고 있다는 걸 진작 알았으면
그렇게 사람들 장난에 맞장구치고 그러지 않았을 거예요.
"둘이 너무 잘 어울려~ 벌써 둘이 눈 맞은 거 아니야?"
"어떻게 알았어? 우리 신혼여행으로 세계 맛 집을 정복하려고
스크랩 중이잖아. 부럽지?"

맛있는 집 찾아다니는 소수정예 동호회엘 나가고 있는데,
거기 사람들이 자꾸 그녀랑 날 엮습니다.
이유가 아주 재밌어요.
어류든 육류든 내장 좋아하는 식성이 둘이 비슷하다고 사귀랍니다.
연애에서 식성만큼 중요한 게 없다고 믿는 사람들이니까
이런 발상이 가능한 것까진 이해하겠는데,
그래도 그녀는 아니거든요.
내가 아무리 사랑에 굶주려도 그렇죠,
식성이 같다는 이유로 어떻게 사랑을 합니까?

그런데 몇 주 전부터 그녀의 눈빛이 변했어요.
아주 야릇해졌습니다.
그래서 지난주엔 모임에 일부러 안 나갔어요.
그런데 아마 그날, 지석이가 새 여자친구를 데리고 온 모양이에요.

사랑이 사랑에게

그녀가 잔뜩 취해서 전화를 했더라구요.

"지석이가 새 여친을 데꼬 왔다. 그래서 우리가 완전 왕따시켰어~
윤정이는 지금 모임도 못 나오고 있는데 지는 그럴 수가 있냐고?
좋다고 사귈 때는 언제고~
헤어졌어도 우리 모임엔 딴 여자 데꼬 나오면 안 되는 거잖아~
기분 진짜 엉망진창이네. 나 좀 집에 데려다주라~"

분명 처음부터 나를 겨냥하고 작정하고 마신 게 틀림없습니다.
사실은 그 전 모임 때도 바래다달라고 했거든요.
그래서 어쩔 수 없이 택시타고 바래다줬더니
글쎄, 내리면서 고맙다고 내 볼에 뽀뽀를 해버린 거 있죠?
그 뽀뽀가 얼마나 무섭던지
그래서 지난주에 모임에 못 나간 거예요.
그리고 그날, 어마어마한 지뢰 같은 선물을 받았습니다.
택시에서 내리면서 툭 던져놓고 가버리더라구요.
세계의 맛 집을 모은 스크랩북이던데
글쎄 그걸 나랑 같이 가려고 모았대요.
앞으로 이 난관을 어떻게 헤쳐 나가야 할지 모르겠습니다.

 사랑이... 사랑에게 말합니다.

첫눈에 반한 사랑만 있는 건 아니라고,
미운 정 들어가며 만들어지는 사랑도 있는 거라고...

현금 찾는 여자

늘 이런 식이죠.
아무 때나 불쑥불쑥 자기 멋대로.
내 전화는 잘 받지도 않으면서
자기가 필요할 땐
어디냐고 묻지도 않고 그냥 집 앞으로 와버리는 남자...
"나 지금 출발한다. 20분이면 갈 거야."
이 전화 한 통이면
내가 어디에서든 달려와 대기하고 있을 거라고 믿는 남자...
믿는 도끼에 발등 한 번 찍혀보라고
확 튕겨져 나가고 싶을 때도 있었지만,
한 번도 그래보지 못했어요.
그러다가 진짜로 영영 못 보게 될까 봐...
지구 밖에 사는 사람처럼 못 만나게 될까 봐...

친구들과 심야 영화를 보다가도,
오랜만에 나간 동창회에서도,
그에게서 전화만 오면 자리를 박차고 나와
이렇게 우리 동네 놀이터에서 그 남자를 기다립니다.
지금도 이 오밤중에 달려 나온 것 좀 봐요.
뭐에 홀린 것 같아요.
우리가 사귀는 건지 아닌지도 헷갈리게 만드는 남자인데
그런데, 그런 남자가 난 좋기만 해요.

사랑이 ♥ 사랑에게

그에게 흔들의자가 되어주고 싶어요.

힘들 때마다 잠깐잠깐 쉬어갈 수 있는...

그러다가 어느 날부터 그가 오지 않으면

평생 아무도 앉히지 못하는 내가 될지도 모르지만,

그래도 상관없어요. 후회 없어요...

참, 편의점에서 현금을 좀 찾아놔야겠어요.

멀리에서 오는 거면 택시비가 모자랄 수도 있잖아요.

어... 벌써 도착한 걸까요?

택시 한 대가 놀이터 앞에 서 있는데... 아니네요.

여자가 내리면서 남자에게 책 같은 걸 한 권 건네주고 있습니다.

마음을 담은 일기장이라도 되는 걸까요?

어, 저기 택시 한 대가 골목으로 들어오고 있네요.

나도 그에게 1년쯤 매일매일 일기를 써서 선물해볼까요?

그럼 소름 돋아하겠죠.

그 자유로운 성격에 말이에요.

오고 싶을 때 오고 가고 싶을 때 가게, 그렇게 내버려두기엔

내 마음이 다 닳아 사라져버릴 것만 같습니다.

사랑이... 사랑에게 말합니다.

지금처럼 물 흐르듯 내버려두라고,

잡으면 떠나려 하고, 보내면 돌아오려 하는 게 사람 마음이라고...

238

고양이를 닮고 싶은 여자

"연애 오래 하지 마라."
"남자한테 절대 잘해주지 마라."
연애라는 걸 처음 하는 나한테 우리 언니가 해준 조언입니다.
언니가 오래 연애한 남자한테 차였거든요.
그것도 지극정성을 다해
뒷바라지라고 해야 하나, 뭐 그런 걸 했는데...
드라마에 자주 등장하는 스토리 있잖아요.
청춘을 다 바쳐 가난한 고시생을 뒷바라지 해줬더니
결국 잘되고 나서 차버리고 부잣집 딸에게 가버리는 신파.
물론 먼저 헤어지자고 한 쪽은 우리 언니지만
그렇게 만든 건 형부, 아니 그 나쁜 놈입니다.

사람이 완전히 180도 변했더라구요.
예전의 재밌고 다정하던 모습은 오간 데 없고
못되고 차갑고 냉정한 인간이 됐더라구요.
개구리 올챙이 적 생각 못 하고,
자신의 우울한 과거를 아는 사람은 다 싫어하는 눈치구요.
말투부터가 거만 버전으로 바뀌어서 듣기가 영 거북하더라니까요.
그래도 우리 언니는 착해 빠져서
보상 심리 때문에 그런 거라며,
한 끼에 십만 원이 넘는 식사를 하고 다니고
외제차 대리점마다 폼 잡고 돌아다니는 그 남자를

오히려 마음 아파하더라구요.
그래서 내가 천사인 척 좀 하지 말라고 톡 쏴주었습니다.

그런데 바로 그날이었던 것 같아요.
나갔다 들어와서는 며칠 동안 방에만 틀어박혀 있더라구요.
분위기가 심상치 않은 것 같아서
모르는 척해줬는데... 역시나 헤어졌더라구요.
그래서 난, 남자친구한테 될 수 있으면 못해주려구요.
백 번 잘하다가 한 번 못하면 섭섭해하지만,
백 번 못하다가 한 번 잘하면 감동받는 게 사람이거든요.
그건 남자나 여자나 다 마찬가지일걸요.
친구 중에 남자친구한테 전화만 오면
영화 보는 도중에도 가버리는
남자 중심적인 아이가 있는데요,
그 친구도 내가 보기엔 아주 피곤하게 연애하는 것 같아요.
강아지 같은 여자한테 무슨 매력이 느껴지겠어요? 귀여울 뿐이죠.
여자는 강아지보다는 고양이를 닮아야
남자들이 꼼짝을 못한다니까요. 야옹~

사랑이... 사랑에게 말합니다.

그 사람이 잘해준다면 고마워하라고,
잘해준다고 하찮게 여기지 말고, 다른 사람에게 눈길 주지 말라고...

사랑이 ♥ 사랑에게

보일러 고치는 남자

전화통에 불이 납니다.
"여기 신내동인데요, 언제쯤 오세요?"
"어제 신청했는데 왜 아직 안 오세요?"
"추워서 찜질방에 가 있을 테니까 도착하면 전화주세요."

어제 갑자기 기온이 뚝 떨어지면서 보일러 동파된 집이 많아요.
그래서 어제 새벽부터 몸이 열 개라도 모자랄 지경입니다.
오늘만 해도 벌써 네 번째 장소로 이동 중이에요.
일반 가정집 한 곳과 오피스텔 두 곳을 다녀왔는데,
한 집은 보일러가 터져서 물바다가 되어 있고,
작은 오피스텔에 살고 있는 여대생은 덜덜 떨면서
이불이란 이불은 다 꺼내서 몸에 둘둘 말고 있더군요.
그리고 지금은 잠실 쪽으로 이동 중입니다.

이 한겨울에 땀으로 샤워를 할 정도로
바쁘게 뛰어다니고 있는데,
내 여자친구는 참 철도 없죠.
분위기 파악 못 하고 자꾸 문자를 보내고 있습니다.
물 한 컵 마실 시간도 없이 다닌다고,
일하고 있으니까 나중에 전화하겠다고 했는데도
참지 못하고 전화를 걸어 칭얼댑니다.
답 문자 보낼 시간도 없이 바쁘냐면서,

지금 당장 사랑한다는 말을 해달라느니
뽀뽀를 세 번 해달라느니
이 와중에 짜증나게 애교까지 부리고 있습니다.
어리광도 부릴 때가 따로 있는 거죠.
힘들어서 땀으로 목욕하고 있는 사람한테
한가하게 사랑타령이나 하고 있으니...

답답해서 담배나 한 대 피우려고 창문을 열었습니다.
커다란 통유리 안에
늠름하게 진열되어 있는 외제차들이 보이네요.
한 연인이 시승을 하고 있습니다.
남자 표정이 자신감에 가득 차 있군요.
저런 차를 탈 수 있는 남자의 여자친구... 그 자리는 행복하겠죠.
그녀에게 문득 미안해지는데요.
짜증내고 투덜대도 다 받아주는 그녀가 고마워집니다.
사랑한다는 말이라도 자주 해줘야겠습니다.
[미안해... 좀 전엔 힘들어서 그랬어. 사랑하는 거 알지?]

사랑이... 사랑에게 말합니다.
백을 가진 사람이 아흔아홉 개를 내어주는 게 사랑이 아니라고,
하나를 가진 사람이 하나를 다 내어주는 게 사랑이라고...

243

자수를 기다리는 여자

그럼 그렇죠.

무슨 꿍꿍이가 있지 않고서는 이렇게 조용할 리가 없다니까요.

내가 주말 아르바이트를 하게 됐다고 하는데도

별 반응을 보이지 않잖아요.

자기랑은 언제 놀아줄 거냐고 투덜대기는커녕

오히려 반기는 눈치더라구요.

2년을 붙어 다닌 사이인데 그 정도는 눈빛만 보면 알죠.

지난주에 친구들하고 스키장에 갔다 왔는데,

아마 거기에서 알게 된 여자들 같아요.

뭐 그렇게 시작됐겠죠.

"다친 덴 없으세요?

그런데 여자친구 분들하고만 오셨나 봐요?"

우리가 처음 만났을 때도 그랬거든요.

백만 년 된 수법으로 작업을 걸어왔죠.

"저기요, 혹시 감자 좀 빌릴 수 있을까요?"

1학년 여름방학 때 친구들하고 부산 해운대에 갔다가

거기에서 남자친구를 만났거든요.

애길 하다 보니 서로 집도 가깝고 잘 통하더라구요.

그런데 한 가지 너무 다른 게 있긴 했어요.

난 될 수 있으면 내 힘으로 학교를 다니자는 주의인데,

남자친구는 어떻게 해서든 부모님께 기대자는 주의인 거요.

244

그래서 이번 겨울 방학에도
난 주말마다 웨딩 도우미를 하기로 했는데,
남자친구는 공부한다는 핑계로
도서관에서 따뜻한 겨울 방학을 보내고 있습니다.

참, 지난주에 다녀온 결혼식장은
신부 대기실을 온통 풍선으로 장식했는데,
정말 환상적이었어요.
순간, 남자친구와의 결혼식을 혼자 상상하면서 볼이 붉어졌죠.
그런데 이놈의 남자친구는
보일러가 터져서 몸에 이불 둘둘 말고 있다고
몇 번이나 문자를 보냈는데,
어디에서 뭘 하는지 답도 없네요.
그래도 꼬치꼬치 캐물을 생각은 없어요.
그럼 도망가버릴지도 모르잖아요.
단지 스스로 자수해서 광명 찾기를 바랄 뿐입니다.
그런데 시치미를 뚝 떼고 영 입을 열지 않네요.
내가 그녀들에게서 온 문자 메시지를 다 봤는데도 말이에요.
언제쯤이면 철이 들어 나만을 바라봐줄까요?

사랑이... 사랑에게 말합니다.

화가 나면 화를 내고 섭섭하면 섭섭해하라고...
표현하지 않는 관계는 안으로 곪을 뿐, 발전하지 못한다고...

245

사랑이 ♥ 사랑에게

풍선 부는 남자

세상이 그렇게 넓게만 느껴지더니
오늘에야 왜 세상이 좁다고 하는지 알겠습니다.
그녀를 봤어요.
헤어진 후 한 번도 마주치지 않더니
그녀와 자주 다니던 곳을 아무리 쏘다녀도 마주치지 않더니,
이젠 마음을 접으라고
하늘이 내게... 그녀를 보여주었나 봐요.

오늘 강남에 있는 한 예식장에서 친구가 결혼을 했어요.
내가 풍선 아트를 하니까,
제수씨가 신부 대기실을 풍선으로 깔고
헬륨 풍선도 띄우고 싶다고 부탁을 했습니다.
그래서 일찌감치 도착해서 준비를 했죠.
그런데 1층 로비 예약실 앞을 지나다 말고
나도 모르게 걸음을 멈췄습니다.
상담원 앞에 나란히 앉아 있는 남자와 여자...
분명 그녀였어요.
옆모습만 살짝 보였지만 한눈에 알 수 있었습니다.
상담원이 내 시선을 의식하고는
일어나 문을 닫아버리더군요.
문을 열고 들어가 확인하고 싶었지만 참았습니다.
그런다고 달라지는 건 아무것도 없으니까요.

마음을 겨우 진정시키고
신부 대기실로 걸음을 옮겼습니다.
앤티크풍의 고급스러운 의자에 살포시 앉는 신부,
곧 그 자리에 앉게 될 그녀를 생각하니
순간, 심장이 멈춰버릴 것 같았습니다.

예식이 끝나고 피로연에 잠간 들렀다가
주문 받은 일이 있어서 그리로 가는 길입니다.
작년에 프러포즈용 차량 이벤트를 해준 고객인데,
올해는 풍선과 함께 현수막까지 주문을 했습니다.
"결혼해줘서 고맙다"고 인쇄를 해달라고 하더군요.
그때 프러포즈가 성공한 거겠죠.
나도... 그녀가 나보다 먼저 결혼해줘서... 참 고맙습니다.
이젠 새로운 사람을 만날 수 있을 테니까요.

사랑이... 사랑에게 말합니다.
진심으로 그녀의 행복을 빌어주라고,
그래야 첫사랑 같은 새로운 사랑이 당신을 찾아온다고...

사랑이 사랑에게

하늘색 원피스를 입은 여자

1년 전 오늘,

남편의 영화 같은 프러포즈를 받고

감동했던 순간이 생각나네요.

왜 그런 거 있잖아요.

남들이 하면 유치하고, 내가 하면 감동적인 것들...

하얀 눈밭에서 차 트렁크를 여는 순간 풍선이 날아오르고,

그때 남자가 장미 백 송이를 바치며 그러죠.

"나와 결혼해줘."

여자는 눈물을 보이며 수십 번 고개를 끄덕이고...

그런 여자의 입술에 입 맞추며 남자가 하는 말,

"고마워... 사랑해..."

사실 그날, 감이 딱 왔어요.

전화를 해서 별난 부탁을 하는 게 평소랑은 좀 다르더라구요.

"저기... 오늘 좀 춥고 어색하더라도 딱 하루만

청바지 말고 하늘거리는 원피스 좀 입어주면 안 될까?"

그래서 그날 백화점에 가서

이 하늘색 원피스를 사 입고 나갔던 거예요.

그런데 그날 밤, 잠이 안 오더라구요.

과연 이 남자가 맞을까,

조금 더 기다리면 꿈에 그리던 이상형을 만나게 되지 않을까,

이런 비겁한 생각들이 막 들더라구요.

솔직히 남편이 내 이상형은 아니었거든요.
물론 남편도 내가 자기 이상형이 아니었대요.
한 번은 남편이 친구들 모인 자리에서
이런 얘길 한 적이 있어요.
자기는 긴 생머리에 파스텔 톤 원피스를 즐겨 입는
다소곳한 여자와 결혼해서 닭살 돋게 살고 싶었다구요.
그래서 나도 질세라 받아쳤죠.
나도 '왕王' 자 새겨지는 근육질의 남자를 만나서
매일 아침 두꺼운 팔에 매달려 철봉 하며 살고 싶었다구요.
그래요, 우린 둘 다 이상형을 만나는 데는 실패했어요.
하지만 사랑하는 사람을 만나는 데는 성공했습니다.

그날 입은 하늘색 원피스를 꺼내 입었어요.
1년 만에 입어보는데 살짝 끼네요.
그런데 우리 남편, 오늘을 기억하고 있긴 할까요?
그날처럼 장미 백 송이는 아니더라도
단 한 송이의 장미는 안겨줄까요?

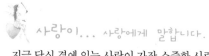

사랑이... 사랑에게 말합니다.

지금 당신 곁에 있는 사람이 가장 소중한 사람이라고,
결혼은 이상형과 하는 게 아니라 사랑하는 사람과 하는 거라고...

사랑은 아낌없이 줄 수 있을 때
가장 아름답게 빛납니다.